"왜 나는 이렇게 못됐을까……?"

비탄에 잠긴 목소리가 입에서 흘러나왔다.

몸을 던진 침대에는 은색 머리카락이 펼쳐졌고, 커다란 눈동자에서는 한 줄기 눈물이 흘렀다.

──만약 신이 존재한다면 어지간히 성격이 더러운 게 틀림없어요.

우츠로기 유우리에게는 비밀이 있었다.

아무에게도 털어놓을 수 없는, 절대 알려져서는 안 될, 그런 비밀이.

──나는 유우리의 머리카락이 예뻐서 좋아.──

머리 색 때문에 놀림을 받았던 유우리에게 오빠는 그렇게 말하며 위로해 주었다.

그런 오빠에게 소녀가 의지하는 것은 자연스러운 일이며, 어렸을 때부터 늘 오빠의 뒤를 따라다녔다.

그런 오빠와 이야기도 할 수 없게 된 게 언제부터였을까?

눈이 마주치면 가슴이 답답해서 말도 나오지 않게 된 게 언제부터였을까?

말하려 하면 목소리가 뒤집어지고, 나오는 말은 존댓말이고, 그걸 얼버무리려고 가족에게까지 그런 말투를 쓰게 되었다.

자신과 오빠는 남매다.

그런데 유우리가 품은 이 마음은 친오빠에게 가질 만한 것이 아니었다.

이런 마음을 품는 것은 나쁘다.

그건 알고 있지만 한번 품은 마음을 없앨 수는 없었다.

그래서 유우리는 남몰래 베개를 적시며 신을 원망할 수밖에 없었다.

——이렇게 못된 저라도 오빠는 늘 다정하게 대해 줘요.

오늘도 유우리가 집으로 돌아오자 오빠는 늘 그렇듯 미소 지으며 "어서 와"라고 말해 주었다.

고작 그 한마디에 유우리의 마음은 편안해졌다.

그런데 유우리는 "다녀왔어"라고 답하지도 못하고 얼굴을 돌릴 수밖에 없었다.

왜냐하면 오빠의 다정한 얼굴을 보면 가슴이 죄어드는 것 같아서 똑바로 볼 수도 없으니까.

사실은 새 교복을 입은 모습을 봐주길 바랐다. 그런데 결국 제 입으로는 아무 말도 하지 못했다.

오빠와 같은 학교에 가고 싶어서 공부도 열심히 했는데.

또 한숨이 새어 나왔다.

도대체 왜 신은 자신과 오빠를 남매로 만들었을까?

남매가 아니었다면 이렇게 괴로울 일은 없었을 텐데…….

――이런 마음을 잊을 수 있다면 편해질까……?

잊을 수 없다.

잊고 싶지 않다.

하지만 괴롭다.

――오빠와 피가 섞이지 않았다면 이런 기분을 느끼지 않았을까……?

피가 섞이지 않았다면 남매가 아니다.

남매가 아니면 그렇게 다정하게 대해 주지 않을 것이다.

둘 다 잃고 싶지 않을 터인데, 유우리를 괴롭히는 것은 그 소중한 두 가지였다.

이뤄질 리 없는, 그리고 이뤄져서는 안 될, 기도와도 비슷한 소망을 생각하며 유우리는 베개에 눈물을 닦았다.

얼마나 그러고 있었을까?

어느샌가 눈꺼풀이 내려와 잠이 들 무렵이었다.

방문을 작게 두드리는 소리가 들렸다.

『유우리, 들어가도 될까? 중요한 할 말이 있는데…….』

"……? 엄마?"

노크한 사람은 엄마였는데, 그 목소리는 묘하게 긴장되어 있었다.

——뭐지? 무슨 일이 있었나?

느릿느릿 몸을 일으켜 문고리에 손을 뻗었다.

어쩌면 신은 정말로 존재하는지도 모르겠다.

하지만 분명 어지간히 성격이 더럽거나, 아주 융통성이 없을 것이다.

과연 소녀의 소망은 어떤 의미로는 이루어졌다.

그것은 소녀가 바란 형태와는 어느 정도 다르기는 했지만…….

『——왜 나만 모두와 다른 거야? 나는 오빠랑 진짜 가족이 아니야?』

언제였을까? 오래전의 기억이다.

아마 유치원에서 머리 색으로 놀림을 받았는지 동생은 그렇게 말하며 울었다.

유우리의 머리카락은 은색이다.

타고 난 체질이라는 모양이다. 딱 한 번 마히토가 의문을 가졌을 때, 부모님은 그렇게 가르쳐 주었다.

——그러니까 마히토. 머리 색 때문에 유우리가 곤경에 처하면 도와주렴——.

마히토는 오빠고, 오빠는 여동생을 지켜야 한다.

그래서 이때도 마히토는 웃으며 이렇게 말했다.

『유우리는 바보네. 고작 머리 색이 다르다고 해서 가족이 아닐 리 없잖아?』

그 뒤 은발에 검은 리본을 고쳐 묶어 준 마히토는 웃으며 말을 이었다.

『게다가 나는 유우리의 머리카락이 예뻐서 좋아.』

햇빛을 받으면 레이스 커튼처럼 비쳐 보이고, 거의 투명

13

하지만 자세히 보면 빨간색과 금색 머리카락이 조금 섞여 있다. 그것이 겹쳐서 은색으로 보이는 것이다.

자신만 아는 보물 같았다.

울다 지친 유우리를 업고 집으로 돌아가는 길, 동생은 마히토를 꽉 안고 이렇게 말했다.

『……고마워, 오빠.……사랑해.』

이 동생만큼은 무슨 일이 있어도 지키겠다고 다짐했다.

◇

"……왠지 그리운 꿈을 꾼 것 같네."

거실에서 깜빡 잠이 들었던 마히토는 현관문이 열리는 소리에 눈을 떴다. 손에는 스마트폰을 쥔 채 소셜 게임을 하다 말고 잠들었다는 걸 깨달았다.

시계를 보니 오후 5시가 조금 지나 있었다.

서쪽 하늘이 오렌지색으로 물들기 시작했으나 아직 밝았다. 드디어 해가 길어져서 봄이 왔다는 걸 새삼 실감했다. 커튼 너머로는 봄방학 마지막까지 실컷 놀려는 소년들이 소리 높여 뛰고 있었다.

사흘 뒤면 개학식이다. 나태한 봄방학이 끝나고 고등학교 생활이 시작된다. 동생 유우리는 입학식 때문에 마히토보다 하루 먼저 시작된다.

멍하니 그런 광경을 바라보는데 유우리가 거실로 들어왔다.

마히토는 되도록 평정을 가장하며 말을 걸었다.

"와, 왔어? 유우리."

올봄부터 고등학생이 되는 동생은 주름이 깊은 치마에 초록색 캐미솔. 그 위에 베이지색 카디건이라는 조금 성숙한 차림이었다. 오빠의 편애 어린 시선이 아니더라도 잡지 모델로도 통할 만한 모습이었다.

기다란 속눈썹도 은색이며, 그 밑에는 커다란 눈동자. 작은 얼굴에는 앳된 모습이 사라지고 성숙한 미모가 드러나기 시작했다. 솔직히 고2(동급생) 여자들보다도 훨씬 성숙하고 아름답다.

하지만 무엇보다 눈길을 끄는 것은 역시 은발이다.

허리까지 덮은, 비단실처럼 섬세한 은발. 남매인데 자신과는 다른 색깔. 남매인데 매료될 정도로 아름답다. 석양을 받아 지금은 연붉은빛으로 물들어 보였다. 그 좌우에는 검은 리본이 매여 있었다.

유우리는 손에 커다란 쇼핑백을 들고 있었다.

새 교복을 받으러 갔던 것이다.

동생은 성적이 좋은 편이라는 모양이다. 추천으로 들어간 덕분에 2월에는 교복이 완성되었지만, 막상 입어 보니 사이즈가 맞지 않았다나 보다. 그것을 조정하느라 이렇게 촉박한 타이밍에야 받을 수 있었다.

"…………."

그런 동생이지만, 마히토에게는 한순간 노려보는 시선만 보낼 뿐 대답도 없이 얼굴을 돌렸다.

어릴 때는 오빠를 연발하며 따라다녔는데 중학교에 들어갈 무렵에는 완전히 멀어졌다. 어쩌면 사춘기인지도 모른다.

요즘에는 말을 걸어도 대체로 이 모양이라 제대로 얼굴도 보지 않는다. 동생 목소리를 마지막으로 들은 게 몇 달 전이더라?

──뭐, 언제까지고 오빠에게 찰싹 달라붙는 것도 이상하지…….

섭섭한 마음이 없지는 않지만, 남매란 그런 것이리라. 마히토도 억지로 말을 걸려고는 하지 않았다.

──하지만 중학교에서도 머리카락 때문에 괴롭힘을 당했다는 모양이고…….

고등학교에서도 같은 일이 없으리라고 어떻게 단언할 수 있을까? 마히토는 걱정이었다. 아마 본인은 더 불안하지 않을까?

신경 쓰이기는 한다.

하지만 어린 시절과는 다르다.

유우리는 이제 그런 상대를 스스로 대처할 수 있고, 마히토가 끼어드는 건 오지랖이다.

얼마 전의 일이다. 마침 쇼핑몰에서 동생을 발견한 적이 있었다.

하필이면 새카맣게 그을린 금발 날라리 남자 2인조──도심에만 생식하는 종족으로, 집 근처에는 절대로 출현해서는 안 된다──에게 헌팅을 당하고 있었는데, 당연히 동생을 구해야 한다며 도우려 했다.

『……뭐죠? 말 걸지 말아 줄래요?』

항문까지 죄어들 듯 차가운 눈빛으로 남자들을 흘겨본 동생은 몸마저 얼릴 듯한 목소리로 그렇게 말했다.

멀리서 보기만 한 마히토조차 "힉" 하고 목소리가 나왔을 정도였다.

그런 눈으로 노려본 대상이 자신이 아니라 다행이라며 신께 감사했다.

날라리들은 작은 목소리로 "죄송합니다"라고 중얼거리며 물러갔고, 마히토는 기둥 뒤에 숨어 덜덜 떨 수밖에 없었다. 날라리들의 인생에 그림자가 지지 않았기를 기원하고 싶다.

그런 일도 있어서 억지로 말을 걸 용기는 없었다.

──유우리라면 고등학교 교복도 잘 어울리겠지만.

솔직히 보고 싶은 마음은 있지만, 고등학생이나 되어서 동생에게 그런 말을 하면 불쾌해할 것 같았다.

그래서 마히토도 조용히 등을 돌릴 수밖에 없었다.

"……?"

다만, 유우리는 여느 때처럼 시선도 마주치지 않았으나 오늘은 골똘히 생각에라도 잠겼는지 멍해 보였다.

──아, 이러다 넘어지는 거 아니야……?

그렇게 생각한 마히토는 즉각 소리쳤다.

"유우리."

"아── 으앗."

타이밍이 조금 늦었는지 유우리는 카펫에 발이 걸렸지만, 그런데도 균형을 잡았는지 넘어지지 않았다.

"……으."

그 뒤 유우리가 찌릿 노려보았다.

──뭐, 창피한 모습을 보였으니 그런 반응이기도 하겠지…….

마히토는 아무것도 못 봤다는 듯 시선을 피했다.

불편한 분위기를 무마하듯 다시 스마트폰이라도 켜려던 때였다.

"──저기, 오빠."

웬일로 이번에는 유우리가 먼저 말을 걸었다.

저도 모르게 펄쩍 뛰어오를 뻔한 마히토는 되도록 웃으

며 돌아보았다.

"으, 응? 왜 그래, 유우리?"

제대로 대화하는 건 거의 1년 만이었다. 무심결에 거동 수상하게 되묻자, 동생은 마히토를 빤히 바라보았다.

"…………."

그리고 무슨 말을 하려는지 살며시 입술을 열었지만 목 소리는 좀처럼 나오지 않았다.

침묵을 견디지 못하고 이번에는 마히토가 입을 열었다.

"무, 무슨 일이야?"

다시 묻자 유우리는 작게 숨을 삼켰다. 그리고 얼굴을 홱 돌렸다.

"……아무것도 아니에요."

유우리는 컵에 물을 따르더니 그대로 제 방으로 돌아갔다.

──뭐지……?

하지만 웬일로 유우리가 먼저 말을 걸었다.

드디어 사춘기의 끝이 보이기 시작하는지도 모르겠다.

──중요한 일이면 내일이라도 다시 물어보면 돼.

이제 곧 고등학교도 시작될 테니 유우리도 마음에 여유 가 없는 시기다. 다음에 또 대화하면 된다. 대화할 기회는 얼마든지 있으니까.

지금은 오랜만에 동생이 말을 걸어 준 사실을 기뻐하자.

응.

이때의 마히토는 알지 못했다.

오늘과 같은 내일이 온다는 보증은 어디에도 없다는 것을.

◇

"──너희들에게 중요한 할 말이 있어."

마히토 남매가 거실에 불려 나온 것은 그날 늦은 밤이었다.

시계를 보니 열 시가 넘어 있었다.

마히토는 밤을 새우는 버릇이 들어 힘들지 않았지만, 유우리는 이미 잠이 들었는데 깨운 모양이었다. 의아한 표정을 지으며 팅팅 부은 눈꺼풀을 비비고 있었다.

재촉받아 테이블 앞에 앉았다. 마히토와 유우리가 나란히 앉고 마히토의 정면에는 아빠가, 유우리의 정면에는 엄마가 마주 앉았다.

여전히 말은 하지 않는 동생이지만, 딱히 마히토를 벌레처럼 싫어하는 것은 아닌 모양이다. 옆에 앉는 정도는 해주었다.

……의자 사이의 거리는 약간 먼 것 같지만.

전에 없이 진지한 부모님의 모습에 마히토는 불편함을 느껴 시선을 헤맸다.

――유우리와 화해해…… 같은 이야기는 아닌 것 같네.

딱히 지금 상태도 싸운 건 아니지만, 부모님에게는 불화가 있는 것으로만 보일 터였다.

다만 그런 이야기인 것치고는 너무 진지했다. 설교가 시작될 분위기로는 생각할 수 없었다.

불안을 희석하듯 엄마와 유우리를 견주어 보았다.

이렇게 보니 유우리는 역시 엄마와 닮았다.

얼음 같은 유우리에 비해 엄마는 유연하다는 차이는 있다. 하지만 작은 얼굴이나 코, 입술 모양, 눈매 등에 확실한 느낌이 있었다. 명확한 차이라면 기껏해야 나이와 눈동자 색깔――유우리가 더 파란 편이다――정도다.

참고로 엄마도 은발인데, 이쪽은 염색한 것이라 뿌리 부분은 연한 검정이 섞여 있었다.

어렸을 때, 유우리가 괴롭힘을 당한 데 화가 난 엄마는 자신도 은발로 염색해 주위의 입을 다물게 했다. 그 덕분인지 쓸데없이 젊어 보이게 되었다나 뭐라나.

묘하게 젊어 보이는 엄마의 외모 때문에 아직도 자매냐는 질문을 받는다는 모양이다. 그런 날 엄마는 기분이 좋기에 금방 알 수 있다.

한편, 마히토는 둘 다 별로 닮지 않았다.

중학생 때부터 키도 얼굴도 변함없기에 학교에서도 중학생이냐며 괴롭힘을 당하는 일이 종종 있다.

콤플렉스를 불식시키기 위해 근육 트레이닝에 힘써 보기도 했지만, 성과는 별로 없었다. 키도 아직 160cm 남짓이라 자신의 성장기는 언제 올지 매일 심란하다.

그에 비해 아빠는 회사원답게 깔끔한 머리고, 야윈 볼에 각진 안경이 잘 어울린다. 전형적인 사무직 남성 같은 풍모이면서도 의외로 몸은 탄탄하다. 아직 갓 마흔이라 같은 반 친구들 아빠에 비하면 젊기도 하기 때문이리라.

아빠는 과묵해서 별로 대화를 나누는 편은 아니지만, 무뚝뚝한 게 아니라 서투른 것이다. 아빠가 가족을 얼마나 끔찍이 생각하는지는 마히토도 잘 알고 있었다.

그런 부모님이 나란히 심각한 표정을 짓고 있었다.

──무슨 일이 있나?

이런 얼굴은 처음 본다.

저도 모르게 꿀꺽 목을 울리자, 아빠는 작게 숨을 고른 뒤 입을 열었다.

"너희에게 말하지 않은 게 있어. 중요한 얘기야. 유우리가 고등학생이 되면 말하기로 엄마랑 정했었지."

그 말에 엄마도 작게 고개를 끄덕였다.

모레부터는 유우리도 고등학생이다. 그래서 지금 이렇게 불려 나온 것이리라.

이번에는 엄마가 입을 열었다.

"미리 말해 두겠는데, 엄마도 아빠도 너희 둘을 진심으로 소중하게 생각한단다. 그래서 너희가 클 때까지는 비밀로 하기로 했어."

마음의 준비를 하라는 뜻이란 걸 알아챘다.

옆에 있는 유우리를 힐끔 보자 유우리 역시 긴장해 몸이 굳어 있었다.

──손 정도는 잡아 주면 좋을지도 모르지만…….

하지만 어렸을 때라면 몰라도 지금 그런 짓을 하면 불쾌해질 것 같았다.

결국, 그저 주먹을 쥘 수밖에 없었다.

그런 남매의 모습을 확인한 아빠는 조용히 이야기를 시작했다.

"아빠랑 엄마는, 사실 재혼했단다."

"응……? 재혼?"

예상 밖의 말에 마히토도 얼빠진 목소리를 냈다. 옆에서 유우리도 커다란 눈을 끔뻑이고 있었다.

하지만 아빠는 진지한 표정으로 고개를 끄덕였다.

"당시에 마히토는 갓난아기고, 유우리는 아직 엄마 배속에 있었지."

"……네?"

아빠와 엄마가 재혼했고, 그때 마히토는 갓난아기고, 유우리는 태어나지 않았고…….

그건 어쩐지 매우 불온한 뜻인 것 같아서 마히토도 몸이 굳었다.

"마히토는 아빠의 아이고, 유우리는 엄마의 아이야. 그
러니까……."

"너희는 피가 섞인 남매가 아니란다."

그 사실에 마히토는 아득한 느낌을 받았다.

──이게 무슨? 그러면 유우리는 친동생이 아니었다는
거야……?

아니, 유우리가 동생인 건 변함없지만, 뭔가 소중한 연
결이 사라진 것만 같았다.

그리고 그 감각은 유우리 쪽이 컸을지도 모르겠다.

"말도 안 돼……."

콰당, 의자를 쓰러뜨리며 유우리가 일어섰다.

"그런 건, 싫어……."

"유우리, 진정하렴. 아직 할 말이……."

"──윽."

아빠의 제지에도 유우리는 거실을 뛰쳐나갔다.

"유우리!"

한발 늦게 마히토도 동생을 쫓아갔다.

──밖으로 나갈 생각인가?

유우리는 제 방이 아니라 현관으로 향하고 있었다.

그리고 샌들을 신더니 밖으로 뛰쳐나갔다.

"유우리, 기다려!"

마히토는 신발도 신지 않고 쫓아갔다.

손을 뻗자 유우리는 딱 한 번 돌아보았다. 눈에는 닭똥 같은 눈물이 글썽였고, 무슨 말을 하려는지 작게 입을 벌렸다.

그 손을 잡으려던 순간이었다.

끼익, 하는 요란한 소리와 함께 동생의 몸이 공중에서 춤췄다.

한 박자 늦게 차에 치였다는 것을 깨달았다.

"유우리!"

땅바닥에 내던져진 동생은 그대로 꼼짝달싹도 하지 않았다.

불행이란 언제나 대비할 틈도 주지 않고 찾아오는 법이다.

그것이 마히토와 '여동생'의 마지막 시간이었다.

"세상에, 차에 치이다니 정말 허당이라니까요."

다음 날 아침. 병원으로 이송된 동생은 아하하 웃으며 그렇게 말했다.

머리에는 붕대를 감았고 뺨에도 안쓰럽게 거즈가 붙어 있었지만, 눈에 띄는 외상은 그 정도였다.

밤이라지만 주택가에서 일어난 사고다. 접촉한 승용차도 서행 중이었고 급브레이크도 밟았다. 덕분에 기적적으로 경상에 그친 모양이었다.

병실은 1인실이었고 팔에도 아직 링거가 연결되어 있었지만, 오후부터는 다인실로 옮기기로 했다.

하지만 갑자기 찾아온 불행에 가족 모두가 그저 기도할 수밖에 없었다.

그런 아침에 처음 들은 말이 이것이었다.

마히토도 저도 모르게 한숨이 새어 나왔다.

──뭐, 유우리 나름대로 씩씩하게 행동한 거겠지만…….

사고도 그렇지만, 그런 이야기를 들어 유우리도 동요했을 터였다.

그런데 가족에게 걱정을 끼치지 않으려 행동하는 점은 예나 지금이나 변함이 없다.

게다가 이런 상황에 할 소리는 아닐지 몰라도, 유우리가 이렇게 웃는 얼굴은 오랜만에 봤다. 기특한 동생의 모습에 마히토도 무의식중에 안도했다.

마히토는 흐물흐물 주저앉을 뻔하면서도 오빠로서 주의

를 주었다.

"유우리…… 허당이라는 말이 나와? 엄마는 반쯤 미쳐서 난리였다고."

"응……?"

어찌 된 영문인지 유우리는 무슨 소리인지 모르겠다는 듯 눈을 깜빡였다.

유우리가 차에 치여 엄마는 딸이 죽은 듯이 울고불고 난리였다. 그것을 달래는 아빠도 상당히 동요해서 결국 마히토와 운전자가 구급차와 경찰을 불렀다.

참고로 운전자는 대단히 신사적이라 당황한 마히토에게 구급차를 부르라고 지시하거나 유우리를 안아 일으키려는 엄마에게 섣불리 움직이면 위험하다며 말리기도 했다. 경찰 쪽도 대응해 줬고, 입원비도 보험 처리를 하겠다고 제안해 주었다.

뛰쳐나간 건 이쪽이기에 미안함마저 느꼈을 정도였다.

아빠도 마침내 안도했는지 표정을 풀었다.

"아무튼 무사해서 다행이야. ……아니, 네 기분도 생각하지 않고 그런 이야기를 한 우리가 잘못했어."

엄마는 아직 동요가 남아 있는 모양이었다. 손수건으로 얼굴을 덮고 훌쩍거리며 말했다.

"정말, 다행이야……. 또, 그렇게 되는 줄 알고, 정말, 무서워서……."

"엄마. 괜찮아⋯⋯."

아빠가 어깨를 감쌌지만 엄마가 진정하기까지 시간이 조금 더 걸릴 모양이었다.

다만, 거기서 당사자인 유우리는 어리둥절한 표정을 짓고 있었다.

——이 녀석, 위험했던 걸 모르는 건가⋯⋯?

그 뒤 한동안 곤란한 듯 시선을 헤매더니 마침내 입을 열었다.

"저기⋯⋯? 그런 이야기가, 뭐죠? 아니, 그보다⋯⋯."

당황스러운 시선을 향한 끝에는 마히토가 있었다.

"이쪽 분은⋯⋯ 누구시죠? 운전자, 가 아닌가요⋯⋯?"

"""뭐⋯⋯?"""

그것은 어째서인지 마히토를 일컫는 소리로만 들렸다.

아빠가 나무라듯 헛기침했다.

"유우리, 아무리 그래도 그런 농담은 재미없구나."

하지만 유우리는 뭘 혼내는지 모르겠다는 듯 고개를 갸웃거렸다.

"농담이라니⋯⋯. 아, 하지만 엄마를 '엄마'라고 불렀지요⋯⋯?"

다시 한번 고개를 갸웃거리더니 뭔가가 떠오른 듯 손뼉

을 짝 쳤다.

그리고 어딘가 부끄러운 듯 뺨을 붉게 물들이며 이런 말을 했다.

"그럼 혹시 제 남자 친구, 인가요……?"

"…………."

아빠와 엄마도 이상을 알아차렸으리라. 하지만 뭐가 이상한지까지는 이해가 미치지 못했다.

하지만 마히토는 알아버렸다.

──유우리는 농담으로 이런 말을 하지 않는다.

마히토를 피하기는 해도 그런 이야기 이후에 마히토를 남처럼 말할 수 있는 동생은 아니다.

특히 최근 오랫동안 무시했는데 남자 친구라고 부르다니 말도 안 된다.

그러니 이건 그런 것이다.

마히토는 아무 말도 하지 못한 채 유우리의 침대 옆으로 다가갔다.

"으, 응? 저기, 저기……?"

유우리는 당황한 얼굴로 올려다보았다.

침대 옆 벽에 늘어진 그립형 스위치를 손에 쥔 뒤 마히토는 기세 좋게 엄지에 힘을 주었다.

"간호사 선생님, 빨리 와 주세요! 이 아이, 중증이에요!"

두서없는 너스 콜에 병원에 소란이 일었다.
그래서 마히토도 머리에서 사라졌다.
애초에 왜 이런 사고가 일어났는지.
동생이 도로에 뛰어들게 된 이유를.

날 때부터 함께였던 동생이 실은 피가 섞이지 않은 의붓
동생이었다는 사실을.

◇

"심인성 기억장애……?"
의사의 그 말에 아빠가 의아한 목소리로 되물었다.
그 뒤, 하루 내내 정밀 검사가 이루어졌다. 저녁이 되어
마침내 그 결과가 나온 참이었다.
진찰실에는 아빠와 마히토가 의사와 마주 앉아 있었다.
엄마는 유우리의 곁에 붙어 있었고……라기보다 엄마에게
유우리가 붙어 있었다. 검사 결과를 듣기 버거운 아빠에게
마히토가 동행한 형태였다.
진찰실의 빛나는 화이트보드——샤우카스텐이라는 모양

이다──에는 뇌 단면도가 붙어 있었다. MRI라는 장치로 촬영한 사진이었다.

백발이 눈에 띄는 의사는 표정도 변하지 않고 담담히 고개를 끄덕이더니 금속 지시봉으로 뇌 사진의 한 점을 가리켰다.

"대량의 도파민과 노르아드레날린이 분비된 흔적이 있습니다. 직전에 극심한 스트레스를 받은 모양이네요. 이게 기억장애의 원인으로 보입니다."

그렇게 말하며 의사는 아빠 쪽으로 몸을 향했다.

"긴장해서 머릿속이 새하얘진 경험이 있으십니까?"

"네에……."

"그것과 같은 현상입니다. 그게 극단적으로 심해지면 이런 일이 일어날 수도 있습니다. ……실제로 보는 건 저도 처음입니다만."

의사의 설명은 이해하기 쉬웠다.

"그것과 사고는 무슨 관계가……?"

"사고는 계기에 불과할 겁니다. 직접적인 관계는 없다고 보입니다."

설마 사고가 관계없다는 말을 들을 줄은 몰랐기에 마히토뿐만 아니라 아빠도 할 말을 잃었다.

"물론 머리를 부딪친 것도 사실이니 일주일 정도는 입원해서 검사받는 게 좋겠지요. 그리고……."

거기서 의사는 마히토에게 시선을 보냈다.

"기억장애는 한동안 진찰을 계속해 봐야 확실한 말씀을 드릴 수 있겠지만, 지금으로서는 부모님이나 본인에 대한 기억은 있는 모양입니다."

"결국 잊어버린 건……."

"오빠뿐인 것 같네요."

오빠만 잊어버렸다.

그 사실은 마히토의 가슴에 무겁게 얹혔다.

확실히 요즘 들어 유우리와는 사이가 좋지 못했다. 말을 걸어도 거의 무시했고, 마히토도 주춤대며 화해할 노력을 게을리했다.

──아무리 그래도 나만 잊어버리다니…….

마히토는 말이 나오지 않았지만, 아빠는 냉정하게 물었다.

"기억은 돌아올까요?"

"뇌에 손상은 보이지 않으니 돌아올 가능성은 충분히 있지요. 하지만……."

의사는 거기서 말을 끊더니 차분한 말투로 이렇게 고했다.

"돌아오지 않을 경우도 각오하시는 게 좋을 듯합니다."

너무나도 잔혹한 대답에 마히토는 아연히 고개를 떨궜다.

──있잖아, 오빠.──

그때 유우리는 무슨 말을 하려 했을까?

그 답은 더 이상 들을 수 없다.

아빠가 마히토의 어깨에 손을 얹었다.

"돌아오지 않는다는 건 아니야."

"……응."

그 뒤에도 의사는 무언가를 설명했지만, 마히토의 귀에는 들어오지 않았다.

◇

결국 유우리는 경과 관찰도 할 겸 일주일 정도 입원하게 되었다.

그사이에 개학도 해서 마히토는 시체처럼 등교와 하교를 반복했다. 수업 중에 무슨 말을 했는지는 전혀 기억나지 않았다.

문병은 가지 않기로 했다.

아빠나 엄마와도 상의를 마쳤다.

유우리도 기억하지 못하는 오빠가 와 봤자 난감할 테고, 마히토도 어떻게 대하면 좋을지 몰랐기 때문이다.

둘 다 마음을 정리할 시간이 필요했다.

하지만 가만히 있어도 시간은 간다.

일주일은 순식간에 지났고 유우리가 퇴원하는 날이 찾

아왔다.

◇

"······어쩌지?"

거실에서 마히토는 머리를 감싸고 있었다.

오늘 유우리가 퇴원한다.

기억은 역시 돌아오지 않은 모양이다.

병원에는 엄마가 데리러 갔지만, 그 뒤로는 일하러 돌아
간다고 한다. 아빠도 일 때문에 밤이 되어서야 집에 온다
고 한다. 집에는 수업이 끝나 한가한 마히토만 남는다.

즉, 일주일 만에 마주하는 유우리와 단둘이 된다.

부모님이 돌아올 때까지 밖에서 시간을 때우는 방법도
있었다. 하지만 오빠로서 그렇게까지 피할 수는 없었다.

──똑바로 마주해야 해.

일단 마히토를 잊어버린 것은 사고다. 유우리 잘못은
없다.

그러니 평소처럼 대하겠다.

──아니, 하지만 평소처럼? 뭐가 평소처럼이지?

일 년 가까이 변변한 이야기도 나누지 않았는데 어떻게
대화하면 좋을까?

그리고 유우리에게는 초면인 남이다.

갑자기 "오빠랍니다"라고 해도 받아들이기 어려울 것이다. 그렇다면 과도하게 친한 척을 해서는 안 될 것 같았다.

——친밀하지 않은 정도의 거리는 어떤 거지?

생각하면 생각할수록 알 수 없었다.

이럴 줄 알았으면 입원했을 때 보러 갈 걸 그랬나?

아니, 지금은 서로 마음을 정리할 시간을 가지는 게 좋다고 마히토도 납득하지 않았는가.

그 귀중한 시간을 쓸데없이 낭비한 건 마히토의 책임이다. 그런 것은 잘 알고 있지만, 그렇다고 해서 어떻게 하면 좋을지는 알 수 없었다.

홀로 소파에서 몸부림치는데 초인종이 울렸다.

유우리가 돌아온 것이다.

——에라 모르겠다!

이제부터 어떻게 될지 알 게 뭐람. 마히토는 다만 각오할 수밖에 없었다.

각오한 마히토는 동생을 맞이하러 현관 앞에 섰다.

달각, 소리를 내며 문고리가 돌아갔다.

처음에 나타난 얼굴은 엄마였다. 손에는 유우리의 짐을 들고 있었다.

엄마는 마히토의 모습을 확인하고는 한 박자 쉬고 입을 열었다.

"마히토. ……괜찮니?"

마음의 준비를 하게 해 주는 엄마에게 마히토는 고개를 끄덕였다.

"괜찮아, 엄마. 각오는 됐어."

"⋯⋯알았어. 유우리, 들어오렴."

일주일 만에 만나는 동생은 조금 야윈 듯 보였다. 병원에서는 별로 입맛이 없었는지도 모르겠다. 무리도 아니겠지.

다만, 하고 마히토는 작게 호흡을 정돈했다.

──여기서 할 말만은 제대로 생각했어.

그러니까 마히토는 자연스레 이렇게 말할 수 있었다.

"어서 와, 유우리."

사고가 난 날과 같은 말, 하지만 늘 하던 말이다.

유우리는 조금 놀란 듯 눈을 깜빡인 뒤 어쩐지 부끄러운 듯 이렇게 대답했다.

"다, 다녀왔습니다. ⋯⋯저기, 마히토 씨."

──마히토 씨── 그 호칭에서 정말로 유우리는 이제 자신을 기억하지 못한다는 걸 실감했다.

하지만 알고 있었다.

마히토는 엄마 대신 짐을 들었다.

"엄마, 여긴 괜찮아."

"⋯⋯응. 나머지는 부탁한다?"

지난 일주일, 엄마도 많이 고생했다. 마음 편할 틈도 없었을 것이다. 최소한 이런 일 정도는 부담을 덜어 주고 싶었다.

그렇게 배웅하자 엄마는 일하러 돌아갔다.

그리고 유우리가 곤란한 듯 물었다.

"저기……."

"응?"

말은 걸었지만, 아직 뭔가 주저하는 듯 몇 초 정도 망설였다.

그리고 결심한 듯 이렇게 물었다.

"그쪽이, 피가 섞이지 않은 오빠라는 건, 사실인가요?"

"어……?"

무슨 질문을 받은 것인지 금방은 반응하지 못했다.

그 뒤 점차 그 사실이 되살아났다.

——그랬지……. 우리는 친남매가 아니었어!

일부러 아빠가 마음의 준비를 하게 해 준 건 이런 이유도 있었기 때문이리라.

하지만 자신을 잊어버렸다는 사실이 너무 충격이라 마히토의 머리에서 완전히 날아가 버렸다.

마히토는 굳은 미소로 고개를 끄덕였다.

"으, 응. 그렇다나 봐. 나도 일주일 전에 알았지만. 하하하…….."

인간은 어쩔 수 없을 때 웃을 수밖에 없는 모양이다.

이리하여 일주일 전에 친동생이 아니라는 것을 막 알게 된 ——오빠를 기억하지 못하는 옵션 장착—— 동생과 아무런 각오도 마음의 준비도 하지 못한 오빠는 재회했다.

"아, 안녕하세요. 우츠로기 유우리입니다."

"응. 반가워. 나는 우츠로기 마히토야."

"".................""

거실에서 마주한 두 사람은 초면인 친척처럼 미묘한 기분으로 새삼스레 그런 인사를 나누었다.

의붓동생이 된 동생은 불안한 듯 은색 머리카락에 손가락을 감고 초조한 시선을 헤매고 있었다.

──초면인 사람 앞에서 볼 수 있는 유우리구나······.

그러고 보니 어렸을 때는 낯가림이 심해서 늘 마히토의 뒤에 숨어 있었다.

모르는 사람과 이야기해야 할 때면 금세 이렇게 된다.

그것을 옆에서 본 적은 있지만, 마히토에게 이런 얼굴을 한 적은 처음이었다. 계속 피하기도 했기에, 마히토를 잊은 유우리는 전과 전혀 다른 사람 같기까지 했다.

다른 건 기억한다고 하니 본인으로서는 아무것도 변하지 않았겠지. 하지만 그렇기에 더더욱 어떻게 대하면 좋을지 알 수 없었다.

하지만 모르는 건 유우리 쪽이 더 클 것이다.

유우리에게는 거의 초면이고, 입원 중에도 한 번도 문

병하러 오지 않았던 '의붓오빠'다. 그런 거리감이 당연하리라.

하지만 어떤 의미로는 행운이기도 했다.

지금 유우리의 반응은 빈말이거나 초면인 사람에게 보일 법한 태도였다.

적어도 언젠가 날라리 남자를 참살했던, 날카로운 칼 같은 유우리는 아니었다. 자신은 덮어놓고 그런 꼴을 당할 일은 없는 것이다.

그 사실에 일단 마히토는 감사했다.

다만…….

——불편해…….

무슨 말을 하면 좋을지 모르겠다.

자신을 잊어버린 것은 그런대로 납득했다. 문제는 그게 아니다.

——너희는 피가 섞인 남매가 아니란다.——

그 사실에 아무런 마음의 정리도 되지 않은 것이었다.

대체 자신은 이제부터 의붓동생이 된 유우리를 어떻게 대하면 좋단 말인가.

의붓형제는 협객처럼 거친 대화를 나눌 것 같지만, 의붓남매는 어떤 대화를 나눌까?

피가 섞이지 않았다. ——그렇다고 태도를 바꿀 필요는

없다.

피가 섞였든 아니든 마히토는 유우리의 오빠고, 유우리는 마히토의 동생이다.

그것은 알고 있지만, 문제는 1년이나 변변히 대화를 나누지 않았다는 점이었다. 일주일 전, 기억을 잃기 전의 유우리가 말을 걸어 줬을 때도 결국 한두 마디밖에 나누지 못했다.

그 태도를 바꾸지 않는다는 건 동생에게서 도망치듯 등을 지고 침묵한다는 뜻이다.

그것이 지금 가장 해서는 안 될 일이라는 정도는 마히토도 알고 있었다.

그럼 어쩌면 좋을까?

중학교 동창과 오랜만에 만난 것과는 차원이 다르다.

──정신 똑바로 차려. 지금 정말로 큰일인 건 내가 아니라 유우리잖아?

피가 섞이지 않아서 뭐? 기억도 안 나는 의붓오빠와 함께 생활해야 하는 의붓동생 쪽이 훨씬 더 괴롭지.

오빠의 위엄을 보여주고자 마히토는 먼저 입을 열었다.

"저기!"

"아, 네!"

긴장해 얼굴이 굳은 동생에게 마히토는 최대한 용기를 쥐어 짜내 이렇게 제안했다.

"……차, 차라도 마실래요?"

"아, 신경 쓰지 마세요……."

자기 집에서 가족을 상대로 무슨 말을 하는 걸까?

하지만 말을 꺼낸 건 마히토다. 주방으로 가려고 일어나자 유우리도 일어났다.

"저, 저도 도울게요."

"그, 그러면 컵을 준비해 줄래?"

차를 낸다고 해 봤자 냉장고에서 보리차를 꺼내어 따를 뿐이다. 컵도 디자인이 같은 유리잔이 있어서 유우리도 금세 그것을 집었다.

"식기가 네 개씩 있네……."

역시 아직 믿기 힘들 것이다. 컵 개수를 확인하고 유우리는 마치 실감이 나지 않는 듯 그런 말을 중얼거렸다.

그런 동생의 모습에 마히토는 위태로움을 느꼈다.

──저러다 넘어질 것 같아…….

그런 예감을 뒷받침하듯 유우리는 컵을 테이블로 옮기며 생각에 잠겨 있다가 카펫에 발이 걸렸다.

"아──."

"──앗, 위험해."

그 사태를 예상한 마히토는 팔을 휙 내밀어 받쳐 주었다.

43

"거기, 항상 넘어지니까 조심해."

잘 걸리는 곳이라 카펫에도 들린 흔적이 남아 있었다. 그래서 더 넘어지기 쉬워진 것이리라.

다만, 마히토는 배 언저리를 받칠 생각으로 팔을 뻗었지만, 동요한 유우리는 그 팔을 안는 형태로 매달렸다. 컵은 떨어뜨리지 않았지만…….

"~~윽."

유우리의 얼굴이 새빨갛게 물들었다.

그렇게 매달리는 바람에 두 개의, 생각보다 꽤 큰 볼륨을 팔에 들이밀었다.

──우와, 이건 미움을 사겠네.

마히토는 황급히 팔을 뺐다.

"미, 미안해! 너무 가까웠지?"

"아, 아니요, 그건……."

차를 내려 갔을 뿐인데 아까보다도 불편해져서 두 사람은 조용히 거실로 돌아갔다.

일단 두 사람의 컵에 얼음과 보리차를 담고 빨대를 꽂았다. 최근에는 빨대도 유료이거나 종이여서 집에는 봉투째 빨대를 준비해 두었다.

──나는 동생을 상대로 왜 이렇게 긴장하는 거지……?

막 준비한 보리차를 한 입 마시고 머리를 감쌌다. 유우리도 보리차에 입을 대며 동요를 감출 수 없는 듯 시선을

헤맸다.

나의 한심함에 번뇌하는데 다음에 입을 연 쪽은 유우리였다.

"저, 저기."

"아, 네! 뭐죠?"

불편한 나머지 입을 열긴 했지만 무슨 말을 할지는 정하지 않았던 모양이다. 유우리는 허공에 시선을 헤매며 이렇게 물었다.

"저기…… 취, 취미가 뭔가요?"

남매가 마치 첫 맞선이라도 보는 것 같았다.

하지만 기껏 동생이 용기 내 말을 걸었다. 마히토도 어떻게든 응답하고자 입을 열었다.

"아, 그게, 시간이 있으면 비디오 게임을 조금……."

"게임, 좋죠. 저도 스마트폰 게임이라면 해요."

""하하하…….""

서로 메마른 웃음을 지으며 다시 침묵했다.

——우리는 대체 무슨 소리를 하는 걸까……?

그렇게 생각하자 너무 우스워서 마히토는 이상한 웃음이 솟구쳤다.

"…………큭."

다만, 동생도 똑같이 생각했던 모양이다. 이상한 목소리가 들려 얼굴을 들자 유우리도 웃음을 참듯 입가를 덮고 부들부들 떨고 있었다.

──웃기기야 하겠지…….

긴장한 게 바보처럼 느껴지며 어깨에서 힘이 빠졌다.

"저기, 기억이 돌아올 때까지 불안하기는 하겠지만, 나는 네가 지금까지와 마찬가지로 지냈으면 좋겠어. 아, 억지로 친하게 지내자는 뜻이 아니라 너희 집이니까 편하게 지냈으면 해."

스스로 무슨 말이 하고 싶은 건지 몰라 제대로 말이 나오지 않았지만, 마히토는 말을 이었다.

"얼굴을 마주하기가 불편하면 식사 시간을 따로 가져도 괜찮아. 그러니까 무리는 하지 않아도 돼."

"……윽! 고마워요. 저기…… 오, 오빠."

유우리는 쑥스러운 듯 미소 지었다.

늘 날카로운 칼 같던 그것이 아니라 부드럽고 따뜻한 미소.

동생의 이런 미소를 보는 게 얼마 만이더라? 요즘엔 말을 걸어도 거의 무시당했었다.

찌이잉, 하고 가슴이 죄어드는 듯 묘한 감각이 들었다.

──어, 어라? 유우리가 이렇게 귀여웠던가……?

딱히 못났다고 생각한 적은 없다. 오히려 예쁘다고 생각했다.

하지만 예쁘다는 생각은 해도 '귀엽다'는 인상은 받은 적이 없었다.

이 미소는 과거의 얼음 같던 그것이 아니라, 어렸을 때와 똑같은 미소로 보였다.

──아니, 그거랑도 뭔가 다른 것 같은데…….

말하자면…… 여자애 같달까?

아니, 여동생의 성별이 여자인 정도는 알고 있지만, 그런 게 아니다. '여동생'이라는 생물로서 보던 것이 그렇지 않게 되었다고나 할까?

그 차이를 제대로 언어화할 수 없었지만, 아무튼 남매인데 매료될 정도로 귀여웠다.

마히토가 당황하자 유우리는 부끄러운 듯 입을 열었다.

"그, 아까도 감사했어요. 넘어질 뻔했을 때 도와줘서."

"아아, 아니야. 신경 쓰지 마."

당연한 일을 했을 뿐이다.

그런데 유우리는 기쁜 듯 미소 지었다.

"오빠, 아주 익숙한 느낌인 걸 보니 분명 전에도 이렇게 도움을 받았겠지요……. 정말로 오빠라는 실감이 나는 것 같아요."

"그, 그래? 그거 다행이네."

기껏 동생이 자연스레 이야기하게 되었는데 마히토는 반대로 횡설수설했다.

마히토는 작게 호흡을 정리하고 마음을 다잡은 뒤 말했다.

"그리고 존댓말은 안 써도 돼."

"아……. 그, 그렇죠? 하지만 평소에도 이런 말투라……."

그러고 보니 학교에서 동생이 어떤지 마히토는 모른다. 중학교에 들어간 뒤로는 같이 등교한 적도 없고, 학년이 달라 만날 기회도 적다.

――존댓말은 나한테만 그런 게 아니구나.

생각해 보면 최근에는 가족에게도 존댓말을 썼다. 아마 가장 먼저 존댓말을 쓰게 된 게 자신이어서 쓸데없이 거리를 둔 것처럼 느꼈으리라.

그런 것도 알아채지 못했다는 사실에 약간 침울해졌다. 하지만 마히토는 신경 쓰지 않겠다고 말하듯 고개를 저었다.

"유우리가 말하기 편한 대로 하면 돼. 아까도 말했지만, 무리하지 않아도 돼."

"네. ……그럼, 저기, 한동안은 이대로……."

뭐, 평소 존댓말로 이야기하는 사람에게 갑자기 반말로 말하라고 하면 그것도 거부감이 들 것이다.

변변히 이야기를 나누지 못하던 마히토에게는 큰 차이가 없다.

이윽고 동생은 치맛자락을 꽉 쥐더니 새삼스레 마히토를 올려다보았다.

"저기, 오빠."

"왜?"

고개를 갸웃거리는 마히토에게 유우리는 기세 좋게 머리를 숙였다.

"죄송해요, 오빠!"

마히토는 마시다 만 보리차를 뿜을 뻔했다.

"왜, 왜 그래?"

당장이라도 울 것 같은 표정이기에 마히토도 당황했다.

"그게, 오빠만 잊어버리다니 매정하지요? 그, 정말로 죄송해서……."

"아아, 그거…….."

마히토는 고개를 가로저었다.

"신경 쓰지 마. 그때…… 그, 친남매가 아니라는 말을 들었을 때 너는 나보다 훨씬 더 충격을 받았어. 게다가 사고까지 당했으니 어쩔 수 없는 일이야."

기억에 관해 유우리를 나무랄 생각은 조금도 없다.

그렇다. 이 일에 대해서만큼은 내 마음속에서 기분을 확실히 정리했다.

······덕분에 다른 하나의 문제를 잊어버려서 지금 삐걱
거리고 있기는 하지만.

유우리는 어딘가 슬픈 듯 중얼거렸다.

"사이, 좋았지요? 우리······."

"응?"

저도 모르게 이상한 목소리가 새어 나온 마히토에게 유
우리가 고개를 갸웃거렸다.

"······? 제가, 이상한 말을 했나요?"

마히토는 황급히 헛기침했다.

"아, 아니. 아니야. 사이는, 좋았지."

즉각 거짓말을 했다.

유우리의 표정이 순식간에 밝아졌다.

"그렇죠? 오빠는 아주 다정하고, 같이 있으면 어쩐지 안
심이 돼요."

동생의 천진난만한 미소에 마히토는 양심의 가책에 사
로잡혔다.

──변변히 대화도 나누지 않았다고는 말 못 해!

양심에 찔려 눈도 마주치지 못하는 마히토를 개의치 않
고 유우리는 안심한 듯 미소 지었다.

그러고는 긴 머리카락을 한 손으로 쓸어올려 귀 뒤로 넘

기고 연분홍색 입술에 빨대를 물었다. 모양이 잘 잡힌 귀가 엿보여 어쩐지 눈 둘 곳을 몰랐다.

그런 동작 하나에도 여성스러워졌다고나 할까, 예전과는 다르게 느껴졌다.

──1년이 참 크구나…….

다만, 그때 마히토는 깨달았다.

"유우리, 저기…… 그거, 내 컵인데."

"흐에엥?"

당황해 테이블에 컵을 내려놓은 유우리는 양손으로 얼굴을 덮었다. 뭐, 이런 상황이다. 유우리도 최선을 다하고 있을 것이다.

"죄, 죄죄죄송해요, 오빠!"

"아냐, 똑같은 컵이니 어쩔 수 없지. 신경 쓰지 마."

뭐, 남매니까.

딱히 같은 컵이나 빨대에 입을 대는 정도는 아무렇지도 않다. 돌려 마시는 정도는 평범한 일일 것이다.

──응. 평범하지, 평범해. ……평범한가?

모르겠다.

어렸을 때── 초등학교 저학년 때까지는 그런 적도 있었던 것 같지만, 중고등학교에 올라온 뒤로는 하지 않았던 것 같다.

또 그 말이 머리에 떠올랐다.

──너희는 피가 섞인 남매가 아니란다.

어째서인지 얼굴이 뜨거워졌다.

"".............""

침묵.

말을 찾듯 시선을 헤매던 유우리는 문득 텔레비전으로 눈길을 보냈다.

그곳에는 마히토가 사용하던 컨트롤러가 나뒹굴고 있었다. 동생이 돌아올 때까지 아무것도 손에 잡히지 않아서 뒹굴며 게임을 하고 있었다.

"오, 오빠는 어떤 게임을 하나요?"

"아, 응. 그냥 가리지 않고 하는 편이야. 하지만 요즘엔 액션 게임이 많으려나? 너도 해 볼래?"

그렇게 묻자 유우리는 고개를 가로저었다.

"아뇨, 저는 그런 반사 신경이 없어서요. 보는 게 더 재미있어요."

"보기만 하는 게 재미있어?"

"실황 영상 같은 거, 재미있지 않나요?"

"아아, 그렇구나. 그건 그렇지⋯⋯."

게임은 직접 플레이해야 의미가 있다고 생각했지만, 그러고 보니 보는 장르도 수요가 있었다.

"이참에 뭔가 해 볼까? 물론 실황을 중계하는 사람처럼 잘하지는 못하지만."

"보고 싶어요."

마침내 공통 화제를 발견해 유우리도 고개를 끄덕였다.

컨트롤러를 들고 텔레비전 앞 소파로 이동하자 유우리도 옆에 앉았다.

병원에서도 잘 씻었던 모양이다. 꽃처럼 달콤하고 편안한 향기가 코를 간질였다.

"······으응?"

거기서 마히토는 곤혹스러움을 느꼈다.

옆에 앉았다.

말 그대로의 의미지만, 뭐랄까······.

──이 거리감은, 이상하지 않아?

일단 어깨가 딱 닿았다.

그건 뭐, 좋다. 좋지만, 허벅지까지 붙은 거리다.

그것도 무릎부터 엉덩이까지 딱 붙은 정도다. 그 거리에서 똑바로 앉을 수 있을 리가 없으니 어깨부터 팔까지는 마히토의 뒤를 짚은 모양새였다.

뒤에서 스마트폰이라도 엿보는 듯한 자세일 것이다. 만원 전철의 좌석이냐 싶을 정도의 거리였다.

게임을 하려 하자 현실에서 위치 오류 버그가 일어났다만.

──어쩐지 좋은 냄새가 난다…….

병원에서도 샤워는 할 수 있었다는 뜻이다. 그 샴푸 냄새일까? 꽃처럼 달콤한 향기가 났다.

힐끔 유우리의 옆얼굴을 엿보았지만, 당사자는 딱히 의문을 품은 모습도 없이 텔레비전 화면에 눈길을 보내고 있었다.

──어라? 내가 너무 신경 쓰는 건가?

곤혹스러움을 느끼면서도 게임이 켜졌기에 플레이를 시작했다.

"아, 위험해", "굉장해. 해치웠어", "우와, 죽었네", "히익, 엄청난 게 나왔어!"

보기만 해도 즐겁다는 건 사실이었는지 마히토의 플레이를 바라보며 유우리는 일희일비했는데…….

──어쩌지? 게임을 할 때가 아니야…….

그러고 보니 예전부터 유우리는 게임을 하면 몸이 저절로 움직이는 아이였다.

그것은 다른 사람의 플레이를 볼 때도 마찬가지인 모양이라 몸을 움츠리거나 좌우로 흔드는 등 분주했다.

뭐, 그것을 지적할 생각은 없지만, 문제는 지금 이 제로 거리 혹은 밀착 상태에서 그런다는 점이었다.

──부드럽지만 작당하고 습격해 온다.

소녀의 팔뚝이 이렇게 부드러웠나 하는 점도 그렇지만, 허벅지도 부드럽고, 찰랑거리는 머리카락도 부드럽다.

무엇보다 그거다. 소녀이기에 당연히 달린 두 개의 볼륨이다.

중학교 때는 신경 쓸 것도 없었지만, 어느샌가 엄청나게 성장했다.

폭탄인가 싶은 그것이 유우리가 움직일 때마다 좌우로 흔들려 돌격했다. 자신이 어떤 흉기를 가졌는지 모르는 모양이다.

──여자애 같다.──

유우리의 웃는 얼굴을 봤을 때의 감각을 떠올렸다.

그랬다.

이게 어찌 된 일일까? 동생은 여자애였다.

이제야 마히토는 그 의미를 이해했다.

"그 게임, 어려워…… 보이네요."

"뭐, 난이도가 극악인 게임이니까."

마히토가 플레이 중인 게임은 『엘데노링』이라는, 난이도가 높기로 유명한 액션 게임이다. 그것도 보스는커녕 잡몹에게도 1:1로 참살되기도 하는 죽음의 게임이다. 최근에 DLC가 추가되어 유저의 열기가 다시 뜨거워졌다.

당연히 이런 상황에 게임에 집중할 수 없어서 마히토는 몇 번이나 죽어서 재시작을 반복했다. 본래 어려운 게임이지만, 이렇게 죽는 건 첫 플레이 이후로 처음일 것이다.

——진정해. 상대는 그냥 동생이야.

그렇다. 조금 놀랐지만, 동생은 동생에 지나지 않는다.

두려워할 필요는 하나도 없다.

나라(奈良) 지역의 대불 같은 얼굴로 마음을 비우는 마히토에게 이번에는 유우리가 어깨에 머리를 턱 얹었다.

만원 전철에서 아저씨한테 당하면 살의밖에 느껴지지 않는 행위. 하지만 동생이 하자 왠지 심장이 크게 쿵쾅거렸다. 게임 화면에서도 플레이 캐릭터가 갑자기 점프해서 기적적으로 적의 공격을 회피했다.

——흐에에? 왜지? 자나? 아니, 깨어 있지? 남매가 원래 그런 걸 하던가?

동생의 진의를 알 수 없어 마히토는 컨트롤러를 바들바들 떨었다.

"오빠, 심장 소리가 엄청 빠르네요."

"뭐, 보스전이니까."

심장 소리가 전해질 정도로 밀착되었다는 사실에 마히토의 정서가 더욱 심란해졌다.

그런 마히토를 알아채지도 못하고 유우리는 천진난만하게 웃었다.

"실은 오빠한테 이렇게 어리광을 부리는 게 꿈이었어요……. 좀 이상하죠? 오빠는 계속 오빠였을 텐데."

"아니, 뭐, 이해해."

무아지경이 무색하게 마히토는 눈 앞머리를 눌렀다. 화면 너머에서 플레이 캐릭터가 또 보스에게 점프해 밟혀 죽었지만 이건 어쩔 수 없다.

——혹시 이전의 유우리도 그런 마음이었을까……?

하지만 사춘기이기도 해서 겉으로 표현하지 못했을지도 모른다.

마히토는 더 동생과 이야기를 나눠야 했을까? 설령 자신을 피했더라도.

——아니, 지금부터라도 늦지 않았을 거야!

결심하고 마히토도 대답했다.

"그, 어리광을 부리는 건 싫지 않으니 언제든 그래도 돼."

"네? 정말이세요?"

환한 표정으로 마히토를 올려다보던 유우리는 문득 경직되었다.

이렇게 밀착했다. 얼굴도 코와 코가 맞닿을 정도로 가까이에 있었다.

웃은 채 경직된 동생의 얼굴이 점점 빨갛게 물들었다.

"흐아앗, 죄, 죄죄죄죄죄송해요! 가까웠죠?"

"아, 아니, 괜찮아."

아무래도 자각하지 못했던 모양이다.

은색 머리카락으로 얼굴을 감추듯 양손으로 뺨을 덮었다. 그 모습은 너무나도 귀여워서, 다른 곳에서 했다가는 이성을 잃는 사람이 생길까 봐 불안했다.

유우리가 마침내 떨어져서 ——그래봤자 주먹 하나 정도만큼이지만—— 마히토도 게임에 집중할 수 있게 되었다.

서로의 부끄러움을 무마하는 데 게임은 좋은 핑곗거리였다.

그 뒤, 부모님이 돌아올 때까지 내내 게임을 했다. 게임화면을 보는 사이에 부끄러움도 잦아들었을 것이다. 유우리도 목소리를 높이며 구경했다.

별로 대화는 나누지 못했지만, 서로의 거리감 정도는 파악한 것 같다.

갑자기 본래의 ——본래 상태도 썩 좋진 않았지만—— 남매처럼은 되지 못해도 조금씩 가까워지면 된다.

그렇게 생각하면 이 첫 접촉은 나쁘지 않았다.

다만.

기억을 잃은 동생은 예전처럼 어리광을 부리게 되었다.

——이게 좋은 일일까?

기억을 잃기 전의 동생과는 화해하지 못했는데…….

그것은 어쩐지 배신하는 것 같아서 죄책감 같은 것이 솟구쳤다.

마히토는 머리를 저었다.

──아니, 그건 내 문제이지, 지금의 유우리를 뿌리칠 이유는 되지 않아.

이번에야말로 마히토는 오빠로서 동생을 뒷받침해 주겠다.

그것이 지금의 자신이 할 수 있는 단 한 가지 일이니까.

◇

저녁 식사 전에 유우리는 제 방으로 돌아갔다.

집에 온 뒤로 계속 오빠와 이야기하거나 게임을 구경했기에 짐 정리도 하지 않았기 때문이다.

황급히 세탁물 등을 꺼내며 방 상태를 확인했다.

방은 일주일 전과 다르지 않은 상태였다.

책상 위에는 읽다 만 소설이 펼쳐져 있었고 ──흔적이 남았으니 없애야 한다── 침대에도 좋아하는 인형이 자리하고 있었다. 이불이 접혀 있는 것이 유일한 차이점일까? 엄마가 해 준 모양이다.

어쩐지 입원했던 것이 거짓말 같았다.

변화라면 벽에 새로운 교복이 걸려 있다는 것일까?

사이즈를 조정한 지 얼마 되지 않은 교복이다. 보고 있으니 어쩐지 부끄러운 기분이 들었다.

──설마 가슴이 껴서 입을 수 없게 될 줄이야…….

중3 봄에는 별로 크지 않았다. 굳이 따지자면 절벽 부류였다.

그런데 성장기가 한꺼번에 왔는지 가을경부터 갑자기 커지기 시작해 속옷도 몇 번이나 다시 사야 했다. 덕분에 발밑이 잘 보이지 않게 되어 넘어진 적이 많다.

교복도 넉넉하게 맞췄을 텐데 막상 입어 보니 단추가 튕겨 나갈 것 같았다.

너무 부끄러워서 아무한테도 말할 수 없다.

그 교복을 받으러 간 날 밤에 자신은 사고를 당했다는 모양이다.

차에 치인 자체는 막연하게나마 기억한다.

다만, 왜 한밤중에 밖에 있었는지는 전혀 기억나지 않는다.

아빠와 엄마의 이야기로는 이성을 잃고 밖으로 뛰쳐나갔다는데, 왜 그렇게 동요했는지는 전혀 모르겠다.

"입학식에 가고 싶었는데……."

저도 모르게 중얼거렸다.

고등학생이 되면 하고 싶은 일도 많았다. 친구도 사귀고 싶었고, 동아리 활동도 해 보고 싶었다.

그런데 일주일이나 뒤처지게 된 것은 아무래도 뼈아팠다.

그때 친구 얼굴을 떠올렸다.

"아, 퇴원했다고 츳키한테 LIME 보내야겠다."

츳키, 즉 야마나시 히토미는 초등학교 때부터 알고 지낸 절친이다.

다른 친구와는 뿔뿔이 흩어졌지만, 이 친구만은 고등학교도 같은 곳에 들어갔다.

오빠와 얼굴을 마주하는 바람에 머릿속이 꽉 찼다.

짐 속에서 스마트폰을 찾아 초록색 아이콘을 터치했다. SNS는 종류가 많지만 이런 커뮤니케이션에는 결국 이 LIME이 제일이다.

친구에게 무사히 퇴원했다고 알리자 다음으로 물어온 것은 필연적으로 의붓오빠에 관한 것이었다.

『오빠랑 만나는 거, 어땠어?』

스마트폰을 조작하던 손가락이 멈추었다.

그렇다. 지금 유우리가 마주해야 하는 것은 갑자기 나타난 '피가 섞이지 않은 오빠'라는 존재다.

그런 건 이야기 속에나 존재하는 줄 알았다.

어떻게 대답해야 할지 끙끙대는데 1층에서 엄마 목소리가 들렸다.

"유우리, 먼저 씻으렴."

"네~에."

잠시 고민하다가 『일단 괜찮았어요』라고만 대답했다. 그 뒤 서랍을 열어 갈아입을 옷을 준비하는데…….

"어라? 이런 걸 갖고 있었던가……?"

낯선 잠옷 한 벌이 깔끔하게 접혀 있었다.

——엄마가 사 준 걸까?

기본적으로 자기 옷은 직접 사지만, 엄마는 지금도 가끔 엄마 취향의 옷을 들이밀곤 한다. 유우리의 취향과 맞는 건 반 정도다.

——그럼 이걸로 할까?

입원 중에 모두에게 민폐를 끼쳤다. 이럴 때 한 번쯤 엄마 취향에 따르는 것도 좋을 것이다.

세탁물을 정리한 유우리는 그 잠옷을 안고 욕실로 향했다. 목욕하기에는 조금 이른 시간이지만, 일주일 만에 욕조에 들어가는 건 반가웠다.

기억 문제도 있어서 결국 병실은 그대로 1인실을 사용했다. 그곳에 유닛배스 같은 타입의 화장실과 샤워실이 딸려 있었지만 욕조는 없었다.

욕실로 들어가 문을 잠갔다.

애용하는 리본이 망가지지 않도록 가장 먼저 풀어 선반에 놓았다. 그리고 벗은 옷을 재빨리 세탁기에 던지고 머리부터 감았다. 병원에서는 잘해줬지만, 역시 샴푸나 트리

트먼트는 집에 있는 익숙한 게 최고다.

그리하여 머리를 감자 자연스레 혼잣말이 나왔다.

"오빠, 다정했어요……."

무서운 사람이면 어쩌나 하고 입원 중에도 내내 불안했다.

중학교 때 같은 반 남자들은 불편했다.

큰 소리로 저급한 농담을 하고, 묘하게 거만하고, 그런 주제에 싫어서 째려보면 상처받은 것처럼 주눅 든 표정을 짓고 ——이 소녀는 자신이 째려볼 때의 살상력을 자각하지 못했다—— 그래서 가능하면 얽히고 싶지 않았다.

그런데 오빠는 차분하고 다정하고 아주 신사답다. 자신과는 한 살밖에 차이 나지 않는데 어른 같았다.

——그리고 어쩐지 귀여웠어요.

키가 별로 크지 않아서 154cm인 유우리보다 주먹 하나 정도 컸다. 중학교 친구 중에도 더 큰 남자가 몇 명이나 있었다.

남자에게 이런 감상을 품는 것은 실례일지도 모르지만, 얼굴도 예쁘장하고 동안이다.

여장하면 어울릴 법한 남자는 처음 봤다. 그런 것도 포함해 무섭지 않아 호감을 느낄 수 있었다.

——친해지고 싶어…….

이전에 얼마나 친했는지는 모르겠지만, 그에 뒤지지 않을 정도로 친해지고 싶었다.

"그런데 왜 잊어버렸을까요……?"

입원 중에 그 생각만 했다.

그렇다. 자신에게는 오빠가 있었다.

처음부터 있었다는 모양이다.

15년 동안 함께 산 오빠다.

그런데 어찌 된 일인지 유우리는 그것을 잊고 말았다.

그것만으로도 충격인데, 그 오빠는 피가 섞이지 않은 의붓오빠라고 한다.

가족 전체가 장난치는 건가도 의심했지만, 아무래도 사실인 모양이다.

──그런 게 말이 되나요……?

샴푸를 헹구고 머리카락 끝까지 트리트먼트를 바른 다음에는 고무밴드로 머리카락을 동그랗게 틀어 올리고 몸을 씻었다.

아직도 실감 나지 않지만, 집에 돌아와 보니 확실히 이 집에서 또 한 명이 생활한 흔적이 있었다.

식기도 의자도 4인분 있고, 새 물건이 아니라 똑같이 생활감이 있었다. 거실을 봐도 가구가 늘어난 듯한 위화감은 없었다.

게다가 어렸을 때 누군가와 놀았을 터인데 상대의 얼굴을 떠올릴 수 없다는 위화감도 있다. 그 누군가가 오빠였다고 생각하자 납득할 수 있었다.

그러니 잊어버린 것은 사실일 것이다.

진짜 문제는 그다음이다.

잊힌 오빠 쪽은 분명 화가 났으리라는 것이다.

지금까지 같이 산 가족이 자신'만' 잊는다면 누구라도 용서할 수 없을 것이다. 경멸당한대도 불평할 수 없다.

유우리는 쌍욕을 먹을 각오를 했다. 혹시라도 때리는 건 싫지만 그렇더라도 되갚아 줄 권리는 없다.

그렇게 생각했는데 오빠는 다정하게 맞이해 주었다.

불편하면 식사 시간을 따로 가져도 된다며 유우리를 걱정해 주었다.

게임을 보고 싶다고 말했을 때도, 옆에 앉아도 싫은 표정 한 번 짓지 않고 플레이를 보여주었다. ……갑자기 그렇게 가까이 앉았는데.

아직 가족이나 남매로 생각할 수 있을지는 모르겠지만, 적어도 제대로 대화를 나누고 함께 살 수 있을 것 같았다.

그때 유우리는 거울에 비친 자신이 흐물흐물한 표정을 짓고 있다는 걸 깨달았다.

"우와, 창피해……."

느슨한 미소를 참지 못하는 자기 얼굴을 지우듯 거울에 샤워기로 물을 뿌렸다.

얼른 몸을 씻고 욕조로 들어갔다. 편안한 온기에 피로가 풀렸다.

그대로 입가까지 잠긴 채 욕조에 보글보글 거품을 만들었다.

"분명 저는 오빠를 많이 좋아했을 거예요……."

그렇지 않다면 무방비하게 그렇게 가까이 앉을 리가 없다. 게다가 평소 그렇게 다정하게 대해 줬다면 싫어할 이유가 있을 리 없다.

그런데 왜 잊어버렸을까?

불안이 사라지자 이번에는 미안함이 가슴에 가득 찼다.

거기까지 생각하고 자신이 꽤 오래 물속에 있었다는 걸 깨달았다.

"참. 저녁 시간이었지."

욕조에서 나와 급히 머리를 말렸다.

서두른대도 이 긴 머리는 말리는 데 시간이 걸린다. 솔직히 귀찮아서 자를까 생각한 적도 있지만, 왜인지 지금도 이렇게 계속 기르고 있다.

——그러고 보니 왜 머리를 계속 길렀더라?

어렸을 때부터 계속 머리 때문에 놀림을 받았는데, 왜인지 자르거나 염색할 생각을 한 적은 없었다.

기억을 더듬던 유우리는 "아" 하고 목소리를 냈다.

——나는 유우리의 머리카락이 예뻐서 좋아.——

"그러고 보니 누군가가 예쁘다고 말해줬던가……?"
구원의 말이었다.

누구에게 들었는지는 기억나지 않는다. 남자인지 여자
인지도 확실하지는 않지만, 어린애였던 것 같다.

그 뒤로 이 머리카락을 긍정할 수 있게 되었던 게 아닐까?

소중한 추억이었을 터인데 상대 얼굴도 제대로 떠올리
지 못한다. 이래서야 자신의 기억을 신뢰할 수 없는 것도
무리는 아니었다.

——그런데 그건 혹시…….

짐작은 갔지만 유우리는 고개를 저었다.

"……앗, 엄마, 사이즈가 안 맞잖아요."

머리를 다 말리고 잠옷을 입자 꽤 컸다.

뭐, 교복도 작아서 사이즈를 고쳐야 했다. 그렇기도 해서
큼직한 걸 준비했는지도 모르지만, 너무 헐렁했다.

어쩔 수 없이 소매와 바짓자락을 접어 입었다.

"하지만 의외로 편한 것 같네."

의외로 마음에 들어서 유우리는 커다란 소매에 얼굴을
묻었다. 어쩐지 안심되는 냄새가 났다.

요즘엔 어떤 옷을 입어도 작았다. 이렇게 넉넉한 사이즈
가 오히려 좋을지도 모르겠다.

유우리는 기분 좋게 욕실을 나섰다.

거실에 들어서자 먹음직스러운 향신료와 버터 냄새가
맞이해 주었다.

저녁은 이미 완성된 모양이다. 아빠가 자리에 앉아 있었
고, 엄마와 오빠가 음식을 나르고 있었다.

평소 귀가가 늦은 아빠지만 오늘은 유우리가 퇴원하기
도 해서 일찍 들어온 모양이었다.

거실은 카운터식 주방과 이어져 있어 그대로 음식을 옮
길 수 있었다. 유우리가 도우려 하자 마히토가 고개를 가
로저었다.

"곧 끝나니까 앉아 있어도 돼."

"그런, 가요? 죄송해요. 시간이 걸려서."

"아니야. 방금 완성된 참이니까 괜찮아."

그제야 깨달았다.

"어라? 혹시 오빠가 저녁을 차렸나요?"

주방에서 프라이팬에 든 요리를 나눠 담는 것은 마히토
였다. 앞치마 차림이 묘하게 어울리고 어쩐지 익숙한 느낌
이었다.

마히토는 어깨를 으쓱였다.

"고작 잠발라야*지만."

"잠발라야를 만들 수 있군요……."

―――――――
*Jambalaya, 미국식 볶음밥

요리해 본 적이 없는 유우리는 순순히 감탄했다.

——내 오빠는 스펙이 너무 높아…….

정말로 자신과 한 살밖에 차이가 안 나나?

중학교 때 요리를 잘하는 반 친구는 별로 없었다. 아니면 고등학교에 들어가면 자동으로 할 수 있게 되는 걸까? 아니, 그럴 리가 없다.

마히토는 태연히 말했다.

"유우리가 입원하는 동안 난 아무것도 안 했으니까. 밥정도는 차려야지."

이것도 포용력이라고 부르는 것일까? 아무튼 든든함과 비슷한 감정을 느끼며 유우리는 고개를 꾸벅꾸벅 숙였다.

"아으으, 감사합니다."

오빠가 만들어 준 잠발라야는 예쁜 오렌지색이었다. 매콤한 향신료 냄새가 코를 간질였고, 식욕이 자극된 위장이 꼬르륵 소리를 냈다.

——엄청 맛있어 보여…….

잠발라야는 유우리가 좋아하는 음식 중 하나였다. 특히 오늘은 맛있다고 확신이 드는 냄새가 났다. 방심하면 침을 흘릴지도 모르겠다.

그리하여 유우리도 자리에 앉으려는데 왜인지 마히토가 어리둥절한 표정을 지었다.

"왜 그러세요?"

"아니, 그거……."

왠지 우물거리며 말하기 힘든 듯 입을 열었다.

"내 잠옷인데……."

"히익?"

예기치 않은 말에 유우리도 당황한 목소리를 냈다.

"그, 그럴 리가……."

"지금 입은 것만 봐도, 유우리한테 크지 않아?"

마히토가 그렇게 키가 큰 편은 아니라지만 유우리와는 5cm 정도 차이가 난다. 이 남는 소매 길이는 확실히 그 정도의 차이일 것이다.

──엄마가 사이즈를 착각한 줄 알았어요…….

아무리 그래도 너무 크잖아.

그때 엄마도 고개를 끄덕였다.

"어머, 정말이네. 그거 마히토 거야. 그러고 보니 요즘 빨래로 내놓지 않더니만."

"엄마가 산 게 아닌가요?"

"아니야."

유우리는 당황해 단추를 풀었다.

"죄, 죄송해요, 오빠! 금방 돌려줄게요!"

"그렇다고 갑자기 벗으려고 하면 어떻게 해?!"

그 자리에서 벗으려던 유우리는 당황한 오빠에게 제지 당했다.

"우선 밥부터 먹자. 응?"

"……네."

수치심 때문에 얼굴을 덮으며 유우리는 의자에 앉았다.

분명 세탁물이 섞이며 유우리 쪽으로 온 것이리라.

──느닷없이 사고 쳤어…….

기껏 오빠가 사이좋게 대해 줬는데 무슨 짓을 저지른 걸까? 처음 보는 옷이니 입기 전에 확인해야 했다.

게다가 소매에 얼굴을 묻거나 냄새를 맡기도 했다.

창피해서 오빠의 눈을 쳐다볼 수 없었다.

수치심을 흩트리듯 잠발라야를 숟가락으로 푼 유우리는 눈이 동그래졌다.

"어라?"

"왜 그래? 입에 안 맞아?"

걱정스레 말하는 마히토에게 유우리는 황급히 고개를 가로저었다.

"아뇨, 아주 맛있어요! 다만, 뭐랄까…… 정겹다고나 할까요, 아주 익숙한 맛이라고 할까요, 처음 먹는 것 같지 않아서요……."

그 말에 아빠가 고개를 끄덕였다.

"그야 그렇겠지. 마히토는 자주 저녁을 만들어 주니까."

"앗, 그랬나요?"

마히토는 아무것도 아니라는 듯 어깨를 으쓱했다.

"자주 한다고 해 봤자 일주일에 한두 번 정도고 저녁만이야. 게다가 간단한 것밖에 못 만들고."

"잠발라야는 간단한 것에 포함되나요?"

단순히 밥만 해서는 만들 수 없을 텐데.

복잡한 표정을 짓는 유우리에게 마히토는 웃었다.

"만드는 법을 익히면 그렇게 어렵지는 않아."

"그런가요……?"

간단한지 아닌지는 별개로 하고, 유우리는 평소에도 이걸 먹었을 터였다.

직접적으로 그렇게 말하지 않은 것은 아빠 나름의 배려였으리라.

──저는 그런 것도 기억하지 못하는군요…….

하지만 자기 자신이 기억하지 못하더라도 위장은 기억하는 모양이었다. 유우리는 몰두해서 잠발라야를 입에 넣었다.

"오빠, 이거 정말 맛있어요."

"마음에 들었다니 다행이네. 더 있으니 많이 먹어."

"……윽! 오빠는 좋은 아내가 될 거예요!"

감동해 그렇게 말하자 마히토의 얼굴이 굳었다.

"나는 남편이 되고 싶은데."

씁쓸한 표정을 지으면서도 웃어 주는 오빠의 모습에 아빠와 엄마도 그제야 안심한 듯한 표정을 지었다. 두 사람에게도 걱정을 끼쳤단 걸 뒤늦게 통감했다.

그 뒤 툭 내뱉었다.

"저도, 요리 정도는 배우는 게 좋을까요?"

"관심이 있다면 다음에 같이 만들어 볼래?"

"그, 그럼, 언젠가⋯⋯."

"그건 결국 안 한다는 뜻이네."

"아으으⋯⋯."

그렇게 말하면서도 마히토는 밝게 웃었다.

무리하지 않아도 된다는 말대로 그는 유우리의 농담이나 어리광도 받아주었다.

──다정해라⋯⋯.

이 사람과 함께라면 안심하고 살 수 있을 것 같았다.

동시에, 이 다정한 오빠를 반드시 떠올리고 싶다고 새삼 느꼈다.

아니, 떠올리지 못하더라도 지금부터 사이좋게 지낼 수는 있을 터였다.

──우선은 생각을 입 밖에 내서 전하자!

제 생각을 전하지 않고는 사이가 좋아지려야 좋아질 수 없을 것이다.

15년 치의 기억이 사라졌다. 사소한 일이라도 분명히 말하지 않으면 그 틈을 메울 수 있을 리가 없다.

그렇게 결심하고 문득 생각했다.

——그런데 왜 내 서랍에 오빠 잠옷이 들어 있었을까?

세탁물이 섞이는 일은 있을 법하지만, 서랍에 넣을 때는 알아챌 것이다. 그런데 돌려주지도 않고 그대로 넣는다고?

일을 저지른 사람은 자신이지만 어쩐지 이해가 되지 않았다.

——돌려주지 못할 이유라도 있었나?

그런 이유가 있다면 무엇일까?

오빠가 장기간 집을 비웠다는 얘기는 듣지 못했고, 만약 그렇다고 해도 방에 가져다 놓을 수도 있을 것이다.

혹은 반대로 오빠가 있어서 돌려주지 못했다. ——몰래 돌려줄 필요가 있었나?

하지만 가족인데 잘못 섞인 세탁물을 평범하게 돌려주지 못할 이유가 있을까? 만약 있다면…….

——설마 오빠와 제대로 대화도 하지 못할 정도로 사이가 안 좋았던 건…….

어느덧 입 밖에 낼 수 없는 의문을 품고는…… 에이, 그럴 리가 없다며 고개를 저었다.

적어도 오빠는 다정하게 대해 주고 있다. 사이가 좋지

않았다면, 심지어 자신을 잊은 사람인데 그런 식으로는 해 주지 않을 것이다.

"유우리, 한 그릇 더 줄까?"

"네!"

순식간에 텅 빈 그릇을 내민 유우리는 더는 생각하지 않기로 했다.

어쩌면 직감했을지도 모르겠다.

더 이상 생각하는 건—— 떠올리려 하는 건 위험하다고.

진실은 언제나 잔혹하다.

오빠의 잠옷이 제 서랍에 들어 있었던 이유 따위…….

『어쩌지. 사고 쳤어······.』

뒷손으로 문을 닫고 유우리는 죄책감에 사로잡힌 목소리로 그렇게 한탄했다.

심장이 쿵쿵 뛰었고 등에는 불쾌한 땀이 났다. 후~ 후~ 하고 거칠게 숨 쉬는 자신이 나쁜 짓을 했다는 자각이 들었다.

그것도 그럴 터였다. 유우리는 다른 한 손에 잠옷 한 벌을 안고 있었다.

자기 것이 아니었다.

오빠 것이었다.

씻고 나서 세탁기에 던져둔 그것을 보고 알아챘을 때는 이미 이렇게 제 방으로 가져오고 말았다.

──아니. 바로 돌려줄 거예요! 잠깐 보고 싶었을 뿐이라고요!

자신에게 변명하며 수확한 오빠의 잠옷을 펼쳐 보았다. 생각보다 컸다.

『이게 오빠의 잠옷······.』

그러면 안 되는 걸 알면서도 얼굴을 들이댔다.

──오빠 냄새가 나······.

그렇게 느끼자 참을 수 없어서 잠옷에 얼굴을 묻었다.

부드럽고 편안했다.

어렸을 때 머리카락 때문에 울던 유우리를 업어 준 오빠의 등이 떠올랐다.

이 상황을 가족이 본다면 제 인생은 끝장이라고 생각하면서도 이 악마 같은 유혹(욕구)을 떨칠 수 없었다.

다음에는 소매에 팔을 꿰어 보았다.

『와아, 헐렁해…….』

자신과 오빠의 키 차이는 별로 나지 않는다고 생각했는데 잠옷은 넉넉했다. 그 때문인지 소매에 팔이 완전히 가려졌다.

『후후후, 크다.』

그대로 방 안을 빙글빙글 춤추다── 퍼뜩 제정신이 들었다.

──내가 지금 뭘 하는 거야!

아무리 그래도 이건 해서는 안 될 일이리라.

마침내 이성을 되찾아 정성껏 잠옷을 접었다. 본래대로 되돌려 놓고자 그것을 안고 문에 손을 대려 했을 때였다.

『마히토. 욕실 다 썼으니까 세탁기 좀 돌려줄래?』

『네~.』

엄마와 오빠의 목소리에 펄쩍 뛰었다.

아무래도 오늘 밤에 세탁기를 돌릴 모양이었다.

——지금 가져가면 들킬 거야!

세탁기에 던졌으면 흐지부지 넘어갈 수 있었을 텐데 하필 그 세탁기를 당사자인 오빠가 돌리는 것이다. 지금 가져가면 틀림없이 마주치고 말 것이다.

밤중에 오빠의 잠옷을 안고 어슬렁거리는 걸 변명할 수 있을 리 없다.

유우리는 일단 잠옷을 서랍에 넣고 현실 도피하듯 침대에 누웠다.

——아, 내일! 내일 돌려놓으면 돼……!

그날은 해서는 안 될 일을 했다는 동요와 자신의 서랍 속에 오빠의 잠옷이 들어 있다는 사실에 두근거려서 아침까지 잠 못 이뤘다.

그리고 돌려줄 타이밍을 놓친 채 오빠의 기억을 잃게 되었다.

월요일. 마히토와 유우리는 나란히 집을 나섰다.

"오빠, 같이 나가는 건 좋지만, 일부러 맞춰 주지는 않아도 돼요."

어쩐지 미안한 듯 말하는 유우리에게 마히토는 고개를 갸웃거렸다.

"맞추는 게 아니라 목적지가 같아."

"네?"

유우리가 눈을 동그랗게 떴다.

——뭐, 나를 기억하지 못하니 그것도 기억할 리 없나?

마히토는 자기 교복 깃을 잡아 보였다.

"이거, 너랑 같은 쿠와고(桑高) 교복이야."

시립 소토(桑都) 고등학교. 그것이 마히토가 다니는 고등학교 이름이다.

소토시는 도내치고는 넓고 묘하게 공포 스폿이 많다는 점 이외에 딱히 특징이 없는 도시다. 초중고도 평균적인 학력의 학교가 모여 있다. 그중 쿠와고는 시내에서 그럭저럭 괜찮은 학교이고 집에서 두 정거장 거리였다.

그런 쿠와고의 여자 교복이 지금 유우리가 입고 있는 것이었다.

가슴 주머니에 있는 학교 마크를 보여주자 드디어 의미를 이해한 모양이었다. 유우리는 얼빠진 목소리를 냈다.

"오빠, 같은 학교였나요?"

"그렇게 놀라지 않아도 되잖아."

하지만 마히토도 유우리가 진학한 고등학교를 들었을 때는 같은 반응이었다.

──그렇게 피하길래 같은 학교에 올 줄은 몰랐지.

뭐, 같은 고등학교에 다닌다고 해서 꼭 얼굴을 볼 수 있는 건 아니다. 그래서 유우리도 별로 신경 쓰지 않았는지도 모르겠다.

마히토는 쓴웃음 지었다.

"그럭저럭 편차치가 높으니까. 내가 합격했을 때는 주위에서 같은 반응이었어."

당시 마히토의 성적으로는 조금 어려운 고등학교였지만, 수험 대책이 운 좋게 들어맞아 합격했다. 덕분에 1학년 때는 수업을 따라가려고 필사적이었다.

유우리는 황급히 고개를 가로저었다. 은색 머리카락이 아침 햇살을 받아 반짝반짝 빛났다.

"아, 아니에요! 그런 뜻이 아니라, 고등학교는 다들 뿔뿔이 흩어지는 이미지여서 오빠와도 다른 학교일 거라고……."

"뭐, 그런 면도 있지. 나도 중학교 때 친구와 거의 찢어졌으니까."

마히토는 사교성이 좋은 편은 아니다. 새로운 환경에서 친구를 사귀는 것은 상당한 노력이 필요한 일이었다.

"오빠는 왜 쿠와고에 진학했나요?"

"집에서 가까워서? 그리고 내게는 레벨이 높은 학교였지만, 기념으로 수험을 쳤더니 붙었어."

"우와아, 대단해요, 오빠."

마히토는 쓴웃음 지었다.

"너도 같은 곳에 붙었는데 무슨 소리야? 그보다 너라면 더 높은 학교에 갈 수도 있지 않았을까? 너야말로 왜 쿠와고를 선택했어?"

"네?"

유우리는 생각해 본 적도 없다는 듯 어리둥절해했다.

그러고는 곤혹스러움을 감추려는 듯 고개를 갸웃거렸다.

"뭐였더라……? 뭔가, 거기가 아니면 안 되는 이유가 있었을 텐데요……."

그 말에 마히토는 불안을 느꼈다.

——혹시 나 말고도 잊은 게 있나?

가족을 잊은 사건이 너무 커서 알아채지 못했을지도 모른다.

그것을 지적해야 할지 망설이는데 유우리는 방긋 웃었다.

"하지만 오빠랑 같은 학교인 건 기뻐요."

"그, 그래?"

이런 반응을 할 줄은 몰랐기에 마히토는 횡설수설했다.

그리고 중요한 사실을 깨달은 듯 소리쳤다.

"아!"

"왜, 왜 그래?"

유우리는 진지한 표정으로 마히토를 올려다보았다.

"저기, 학교에서 오빠랑 만날 때는 뭐라고 부르면 좋을까요? 그냥 오빠라고 해도 될까요?"

"그러고 보니, 그렇네."

마히토는 신경 쓰지 않지만, 유우리는 고등학생이나 되어 '오빠'라고 부르는 건 거부감이 들지도 모른다.

겨우 그 정도로 브라더 콤플렉스 소리를 듣지는 않겠지만, 달리 동생이 있는 친구도 없기에 기준을 알 수 없었다.

유우리는 당연한 의문을 던졌다.

"중학교 때는 어떻게 불렀나요?"

"어, 앗, 그게, '오빠야'였던가……?"

마히토는 거짓말을 했다.

중학교에 입학했을 무렵에는 별로 대화를 나누지 않게 됐으니 학교에서 자신을 부른 적은 없었다.

또 거짓말을 한 마히토는 변명하듯 중얼거렸다.

"뭐, 뭐어, 학년이 다르면 의외로 얼굴을 마주할 일도 없으니까……."

"그것도 그렇네요."

유우리는 순순히 납득했다.

걸어가며 유우리는 어렵사리 입을 열었다.

"오빠…… 오빠야…… 으~음, 아닌데……."

아무래도 아직 호칭 때문에 고민하는 모양이었다.

"마땅한 게 없으면 그냥 선배라고 해도 되지 않아?"

"……! 그렇군요. '선배' 좋네요."

그렇게 말하며 손뼉을 치더니 마히토의 앞으로 빙 돌아
왔다. 그대로 가방을 허리 뒤로 고쳐 들고 얼굴을 엿보듯
상체를 숙였다. 짧은 치마가 꽃처럼 펼쳐져 무릎 위의 허
벅지까지 드러났다.

찰랑찰랑 퍼진 은색 머리카락 뒤로 바람을 탄 벗꽃잎이
팔랑팔랑 춤췄다.

환상적이기까지 한 광경에 심장이 작게 뛰었다.

숨을 삼키는 마히토에게 유우리는 엷은 미소를 지으며
이렇게 말했다.

"잘 부탁해요, 마히토 선·배."

자기 얼굴이 빨개지는 게 느껴져서 저도 모르게 하늘을
올려다보았다.

——그건 반칙이잖아.

연하의 소녀가 '선배'라고 부르는 공격은 전 인류에게 유효하다.

이것은 상대가 친동생이든 의붓동생이든 상관없다. 그러니 마히토가 본의 아니게 가슴 설렌 건 어쩔 수 없는 일이다.

그렇게 자신에게 되뇌며 마히토는 당황스러움을 무마하듯 헛기침했다.

"자, 잘 부탁해, 유우리 후배."

"후배라고 해서 후배라고 부르는 건 좀 아닌 것 같아요."

"나도 그런 것 같아."

"그럼 왜 불렀어요?"

그렇게 말하면서도 유우리는 기분 좋게 웃었다.

그런 동생의 모습에 마히토도 어쩐지 안심했다.

——다행이야. 긴장은 하지 않는 모양이네.

얼음녀가 된 뒤로는 확실하진 않지만, 어린 시절의 유우리는 아무튼 낯가림이 심했다. 모르는 아이와는 좀처럼 어울리지 못했다.

그래서 고등학교에 조금 늦게 입학하게 되어 긴장할 줄 알았는데 기우였던 모양이다.

"그럼 슬슬 서두를까? 전철 놓치겠어."

"아! 난 몰라. 오빠랑 떠드는 게 재미있어서 그만……."

유우리의 입에서 그런 대사를 듣는 날이 올 줄은 몰랐기에 마히토는 저도 모르게 울컥했다.

그리고 뭔가 말실수를 했다는 듯 동생은 입을 막으며 정정했다.

"아, 오빠가 아니라 마히토 선배였죠?"

"그, 그랬지!"

이 의붓동생은 의붓오빠를 놀리는 장난을 익힌 모양이다.

시선을 피하면서도 겨우 그렇게 대답하는 것이 최선이었다.

"……."

당황스러움을 무마하듯 역으로 발걸음을 옮겼다.

시간은 아직 몇 분 여유가 있었지만, 아침 이 시간의 전철은 지옥처럼 붐빈다. 어느 정도는 여유롭게 가지 않고서는 플랫폼에 있는데도 전철을 타지 못하는 일도 일어날 수 있다.

그리하여 조금 걷는 속도를 높이자 유우리는 따라오지 않고 뒤처졌다.

얼굴을 보니 새빨개져 있었다.

"미안해. 걸음이 빨랐어?"

건강해 보여서 잊고 있었지만, 동생은 이제 막 퇴원한 참이다. 너무 무리했는지도 모르겠다.

발을 멈추자 유우리는 당황한 듯 고개를 가로저었다.

"아, 아니요, 아니에요. 뭔가, 선배라고 불러서 그런지 나란히 걸으니 가슴이 두근거려서……."

흘려들을 수 없는 소리를 툭 내뱉었다.
그러고는 깜짝 놀란 표정을 지었다.
"그게 아니라! 방금 그 말은 취소예요!"
이미 다 말해 놓고 동생은 그런 소리를 했다.
——이 아이 괜찮은 건가……?
약간의 불안을 느끼면서도 마히토는 현명하게 못 들은 척을 했다.
"모, 몸이 안 좋은 게 아니면 됐어."
"몸은 괜찮아요! 푹 쉬었으니까요."
"긴장도 안 하고?"
"긴장도 안…… 긴장?"
마히토의 쓸데없는 한마디에 유우리는 다시 얼굴이 굳었다.
"……생각했더니 긴장되네요. 어쩌지? 혼자만 일주일이 늦었는데 잘 어우러질 수 있을까요?"
"괘, 괜찮아! 일주일쯤이야 친구들 그룹도 아직 형성되지 않았을 거야……. 아마."
단언할 수 없는 것이 슬펐다.

그런 말로는 도저히 불안을 제거할 수 없어서 유우리는 점점 창백해졌다.

"저만 자기소개를 시키는 건 아니겠지요?"

"전학생도 아닌데, 뭘……."

"하지만 다들 아는 얼굴인데 혼자만 모르는 얼굴이니 전학생이나 마찬가지 아닌가요?"

"그건…… 음, 힘내."

"히이잉."

처음 듣는 비명이 들렸다.

동생 나름의 농담인지 허세인지 모르겠지만, 진심으로 우울하게 울먹이는 그 얼굴은 '히이잉' 수준이 아니었다.

──어쩌지? 쓸데없는 소리를 해서 불안하게 만들었어…….

등교하면 학년이 다른 마히토는 딱히 아무것도 해 줄 수 없다.

지금 동생을 위해 해 줄 수 있는 일은 무엇일까?

한동안 고민한 마히토는 진지한 표정으로 입을 열었다.

"유우리, 그 교복 잘 어울린다."

중학교 때의 세일러복과는 달리 블레이저인 게 우선 신성하고, 연한 베이지색에 유우리의 은색 머리카락은 잘 어우러졌다.

마히토는 이미 고1 때 실컷 봐서 질린 교복이지만, 동생이 입으니 갑자기 세련된 디자인으로 보일 정도로 잘 어울렸다.

유우리는 펄쩍 뛰어올랐다.

"흐엥……? 뭐, 뭐뭐뭐뭐예요, 갑자기!"

"아니, 다른 생각을 하면 마음이 편해지려나 해서."

유우리는 빨개진 뺨을 은색 머리카락으로 가리듯 손으로 덮었다.

"아니, 뭐, 긴장 말고도 다양한 게 날아갔지만요……."

"그럼 다행이고."

그리고 이번에는 뺨을 빵빵하게 부풀리며 노려보았다.

"오빠, 아무한테나 그런 말을 하나요?"

"너 말고 할 리가 없잖아."

"흐음?"

마히토도 그런 말을 할 수 있는 상대가 있다면 좋겠다. 16년 동안 남자 말고는 제대로 말을 섞을 기회가 없었던 가엾은 남자가 있을 뿐이었다.

긴장은 풀렸는지 안 풀렸는지, 결국 당황한 유우리를 지켜보는 사이 역에 도착했다.

◇

아침 8시도 되지 않은 이 시간은 통학과 통근의 피크 타임이다.

정기권이 들어 있는 IC카드를 개찰구에 태그하고 플랫폼으로 가자 이미 인산인해였다. 처음 통학길에 오른 유우리는 벌써 말문이 막혔지만, 전철이 오면 밀려서 반강제로 갈 수밖에 없다.

그렇게 겨우 하차하자 단 두 역 만에 녹초가 된 동생이 탄식하며 신음했다.

"오빠, 등교가 매일 아침 이런 식인가요?"

"유감스럽지만 공휴일에도 이런 식이야."

"……자전거 타고 다닐까?"

일단 집과 쿠와고는 같은 시내에 있기에 자전거로도 다닐 수는 있는 거리다. 6, 7km쯤일 것이다.

마히토는 고개를 가로저었다.

"자전거도 썩 쉽지는 않아."

이 근처는 지형의 기복이 많아 언덕을 몇 번이나 오르락내리락해야 한다. 학교 측도 전철이나 버스 통학을 권장할 정도다. 뭐, 근본적으로 자전거 사고를 피할 목적이 더 크겠지만.

유우리는 절망한 듯 고개를 떨구었다.

"학교에 도착하기까지가 너무 고되네요. 이런 걸 1년이나 계속하다니 오빠는 대단해요."

"전 세계의 회사원들은 더 힘들 거야."

10분도 되지 않아 내리는 마히토 남매와 달리 그들은 1시간 이상 전철을 탄다. 아빠와 엄마도 집에 돌아올 무렵에는 하얗게 불태운 상태가 된다.

유우리는 울먹이며 팔에 매달렸다.

"오빠…… 아니, 마히토 선배. 매일 같이 학교에 가 줄래요?"

"그, 그래!"

버리지 말라는 듯한 얼굴로 올려다보는 동생에게 마히토는 또 평정심을 시험받았다.

그런 말을 하는데 뒤에서 목소리가 들렸다.

"유우리, 유우리!"

"아, 츳키!"

아무래도 유우리의 친구인 모양이다. 쿠와고의 여학생이었다. 하늘거리는 카디건에 팔만 대충 끼웠다.

하지만 마히토의 눈이 휘둥그레졌다.

일단 머리가 금발이었다. 복슬복슬 펌을 한 머리카락을 귀여운 리본을 이용해 좌우로 묶었다. 소위 말하는 트윈테일이었다.

복장도 잔뜩 힘을 주었다. 반짝반짝 동글동글한 펌프스를 신고, 치마도 상당히 짧았다. 팔에는 풍성한 곱창끈을 끼웠고, 손가락에는 선명한 네일. 속눈썹도 길어 한눈에 '갸루'인 걸 알 수 있을 정도로 훌륭한 갸루였다.

——오오…… 이게 갸루라는 거구나.

갸루 중에서도 '내추럴파'로 분류되는 계통일까?

마히토의 학년에도 있기는 하지만, 그쪽은 드세고 불량하다고 할까, 조금 무서운 부류다.

뭐, 같은 교실에 있어도 얽힐 기회가 없는 인종이다. 이야기를 나눠 보면 좋은 사람일지도 모르지만, 마히토에게 그런 용기는 없었다.

그에 비하면 눈앞의 갸루는 아직 상냥하고 이야기하기 편할 것 같은 분위기였다.

유우리의 친구라면 3월까지 중학생이었다는 뜻이다.

아마 같은 중학교겠지만, 중학교라면 머리를 염색하면 안 될 것이다. 불과 한 달 사이에 어떤 변화를 거친 걸까?

유우리와는 대조적인 소녀에게 동생은 반갑게 손을 마주쳤다.

"퇴원 축하해. 기억상실 실화야?"

"아으으, 그게…… 그렇다나 봐요."

얼빠진 목소리를 내는 유우리에게 갸루가 폭소했다.

"아하핫, 진짜 웃기다."

웃는 이유가 이해되지 않았지만, 그런 갸루에게 유우리는 안도한 목소리를 냈다.

"하지만 다행이에요. 교실에 혼자서 들어가기 무서웠거든요."

"너는 너무 겁이 많아. 귀여워서 분명 인기 폭발일 거야."

"인기를 노리고 들어가는 건 너무 부담스러운데요."

유우리의 말투를 보니 꽤 친한 친구인 모양이다. 존댓말은 틀림없지만, 꽤 편한 말투로 들렸다. 뒷북이지만, 아까 유우리의 묘한 비명도 이 아이에게 옮았다는 걸 깨달았다.

뭐, 친구와 만났다면 친구와 등교하겠지.

마히토가 살며시 거리를 두려 하자 갸루가 눈길을 보냈다.

"누구야?"

"아, 그게, 우리 '오빠'······예요."

하루 이틀 사이에 적응할 수는 없을 것이다. 실감이 나지 않는 듯 대답하는 유우리에게 갸루가 눈을 동그랗게 떴다.

"오빠가 이 사람?"

"이 사람이라니요?"

유우리가 고개를 갸웃거리자 갸루는 황급히 시선을 피했다.

"아, 아니, 오빠를 잊어버렸다고 했잖아?"

"아아, 네. 미안하게도 아직 생각이 안 나요······."

눈썹이 축 처진 유우리. 마히토는 웃었다.

"오빠인 마히토야. 유우리 친구? 동생이랑 친하게 지내 줘서 고마워."

"아, 저기, 네……. 야마나시 히토미라고 합니다. 1학년 이에요. 야마나시는 달 월(月) 자에 볼 견(見) 자, 마을 리(里) 자를 써요."

그렇게 설명하자 마히토도 고개를 끄덕였다.

"아, 글자 읽는 법이 다르구나. 특이한 성 특집에서 본 적 있어."

"감사합니다."

갸루는 유우리를 신경 쓰듯 힐끔힐끔 시선을 보냈다.

──아, 그렇구나. 유우리의 친구라면 나를 좋게 생각하지 않겠구나.

기억을 잃기 전의 유우리가 욕을 하지는 않았겠지만, 싫어하는 분위기는 전해졌을 것이다.

마히토는 조용히 한 발 거리를 두었다.

"나는 신경 쓰지 마. 친구끼리 있는 게 얘기하기 편할 테니까."

"아뇨, 하지만…… 괜찮을까요?"

갸루── 야마나시도 몹시 곤란한 표정이었다.

한편, 유우리는 뭐가 문제인지 모르겠다는 듯 고개를 갸웃거렸다.

즉, 이곳에는 남매의 불화를 아는 두 사람과 그것을 잊어버린 본인이라는, 아주 불편한 조합이 있었다.

하지만 야마나시도 여기서 불화를 폭로할 사람은 아닌 모양이었다. 유우리를 신경 쓰는 듯한 시선을 보내며 무난한 대화를 시작했다.

분명 잘난 남자라면 자연스레 먼저 교실로 갈 수 있을 것이다. 하지만 마히토가 그러면 아마 뻔뻔해 보이리라는 건 자각하고 있었다.

그 결과, 마히토와 갸루는 서로의 거리를 가늠하는 무사처럼 거리를 둔 채 교문을 맞이했다.

"······피곤하다."

점심시간. 드디어 혼자 남은 유우리는 책상에 엎드려 있었다.

의외로 반 친구들은 유우리를 따뜻하게 맞이해 주었다. 유우리가 입학 직전에 사고를 당한 것은 이미 설명이 된 상태였다.

더불어 머리카락에 관한 것도 제 입으로 말하기 전에 담임 선생님이 말해 주었다. 그것만으로 담임에 대한 호감도는 높아졌다.

거기까지는 좋았지만, '입학 직전에 교통사고를 당했다'는 사실은 그들에게 조금 비일상적인 오락으로 비쳤던 모양이다.

덕분에 쉬는 시간 동안에는 내내 질문 공세를 받아 쉴 시간이 없었다.

——여기에 기억에 대한 일까지 알려지면 어떻게 되는지…….

자신이 비밀을 가질 만한 성격이 아니라는 것은 알고 있었다. 언제 형제에 관한 질문을 할 사람이 나타날지 조마조마했기에 괜히 더 피곤했다.

"수고가 많네, 유우리."

"꺄악!"

그런 유우리의 뺨에 차가운 페트병이 닿았다.

깜짝 놀라 비명을 지르자 페트병을 들이댄 사람은 야마나시였다. 본인은 종이 팩에 든 딸기오레에 꽂힌 빨대를 물고 있었다.

"츳키, 놀라게 하지 말아요."

"도와줬으니 감사하라고."

유우리가 질문 공세에 시달리던 때 야마나시가 끼어들어 반 친구들을 처리해 줬다.

깔깔 웃으며 빨대를 물고 야마나시는 재미있다는 듯 말했다.

"그나저나 유우리, 둥글둥글해졌네."

"말도 안 돼! 살쪘나요? 그럴 리는……."

입원 중에는 식사도 건강하게 했기에 체중계 숫자도 2kg 가까이 줄어들어 기뻤는데…….

야마나시는 진저리 치는 표정을 지었다.

"아니, 아니. 성격이 말이야."

"네? 변했나요?"

고개를 갸웃거리자 야마나시는 벌벌 떨 듯 먼 곳을 응시했다.

"전에는 더 날카로운 칼 같았잖아?"

"무슨 뜻이죠?"

그렇게 소행이 불량했던 기억은 없는데…….

야마나시는 웃으며 말했다.

"뭐, 누구에게나 존댓말을 쓰는 건 여전하지만, 뭐랄까, 더 까칠했잖아? 특히 남자——."

"——야, 우츠로기. 우리랑 같이 밥 안 먹을래?"

야마나시가 끝까지 말하기도 전에 같은 반 남학생이 끼어들었다.

그렇게 친밀한 남학생에게 유우리는 꽁꽁 얼어 영원히 녹지 않는 땅처럼 차가운 눈빛을 보냈다.

"지금 친구랑 얘기하는 중인데요?"

"……죄송합니다."

남학생은 주눅 든 모습으로 떠나갔다.

"미안해요. 무슨 얘기 하다 말았죠?"

"……아니야, 내 착각이었어."

"……?"

야마나시는 정겨운 듯 눈을 가늘게 뜨고 빨대를 빨았다.

그리고 주위를 신경 쓰듯 목소리를 낮추고 물었다.

"그래서, 오빠랑은 결국 잘되어 가고 있어?"

이런 야마나시지만, 남의 비밀을 마구 떠벌이는 소녀는 아니다. 그래서 유우리도 그녀에게만은 기억장애에 대해 털어놓았다.

"그…… 나름대로는요. 아직 모색하는 중이에요……."

물론 유우리도 친하게 지내고 싶었지만, 죄다 헛발질하는 기억밖에 없다. 오빠의 잠옷을 입거나 무방비하게 거리를 좁히거나.

──그런데 오빠가 싫어하지 않다니, 다정하기도 하지.

기겁하거나 무시하지 않고 전부 받아들여 주었다.

정말로 지나치게 다정할 정도다.

유우리는 오빠를 잊은 매정한 동생인데 따뜻하게 받아들여 주려는 마음이 전해졌다.

남매는 이렇게 무조건 다정해도 되는 사이일까? 오히려

불안해질 정도였다.

친하게 지내고 싶다.

적어도 그렇게 생각할 정도로는 잘되어 가고 있다고 생각한다.

저도 모르게 표정이 느슨해지려는 것을 꾹 참고 있으려니 야마나시가 확인하듯 물었다.

"내가 오빠랑 얘기해도 괜찮아?"

질문의 의미를 이해하지 못해 유우리는 고개를 갸웃거렸다.

"네에? 괜찮지 않을 게 있나요?"

이상한 질문을 하는 친구를 보며 웃자 야마나시는 복잡한 표정을 지었다.

"……뭐, 네가 괜찮다면 됐어."

"……? 무슨 뜻이죠?"

야마나시는 애매하게 웃더니 노골적으로 이야기를 돌리듯 말했다.

"음~ 뭐, 오빠에게도 존댓말을 쓰길래 괜찮을까 싶었을 뿐이야."

"아니, 오빠뿐만 아니라 다른 가족들에게도 이렇게 말하는데요?"

이것에는 친구도 눈이 휘둥그레졌다.

"뭐? 왜?"

"왜냐니요…… 어라? 이유가 뭐더라……?"

듣고 보니 어렸을 때는 그렇지도 않았다.

어느샌가 이렇게 되었는데…….

──아니, 무슨 계기 같은 게 있었던 것 같은데……?

생각이 나지 않는다.

생각에 잠긴 유우리에게 야마나시는 "아" 하고 목소리를 냈다.

"그보다! 오늘 우리 집에 올 거지? 늘 하는 그거 하자."

이 친구에게는 곤란한 취미가 있는데, 유우리는 매번 그것에 어울렸다.

말을 돌린 건 이해했지만, 야마나시가 말하고 싶지 않아 하는 이야기라면 묻지 않는 게 좋을 것이다. 말하고 싶지 않은 이야기를 캐묻는 것은 친구가 할 짓이 아니라고 생각했다.

유우리는 어쩔 수 없다는 듯 그것에 응했다.

"네…… 뭐, 좋아요."

"에헤헤, 유우리라면 그렇게 말할 줄 알았어. 유우리, 사랑해."

"……나 참."

장난치듯 안기자 유우리도 싱글벙글했다.

──나와 오빠가 예전엔 어떤 느낌이었는지 묻고 싶었는데.

기억에 대해 알고 있는 야마나시도 그것을 알고 있는 듯했다. 그런데 말하고 싶지 않아 하는 건 왜지?

아무래도 불길한 예감이 들어 유우리도 재차 물을 수 없었다.

◇

"……남 신경 쓸 때가 아니었네."

점심시간. 그 무렵 마히토는 이제야 자신의 상황을 이해했다.

아침, 교실에 들어가면 인사 정도는 하는 법이다.

마히토가 반 친구들에게 "좋은 아침"이라고 말을 걸자 상대는 "얘 말할 줄 아네"라는 표정으로 불편하게 인사를 받았다. 마음이 꺾였다.

그 뒤 반나절, 이제 점심시간도 끝날 시간인데 아무와도 대화를 나누지 못했다.

주위를 둘러보자 이미 친구 그룹이 형성되어 마히토가 끼어들 틈은 어디에도 없었다.

——그야 일주일이나 시체처럼 있었으니, 친구가 생길 리 없지.

쿠와고에서는 2학년으로 올라갈 때 문과나 이과를 선택한다.

그 갈림길에서 1학년 때 친했던 녀석들은 죄다 이과로 갔고, 마히토는 혼자만 문과를 선택했다. 즉, 처음부터 친구를 다시 사귀어야 했다.

그런데 그 노력을 게을리한 마히토는 이미 이 교실에서 외톨이가 확정되려 하고 있었다.

——하지만 수학보다는 국어 성적이 그나마 나았는걸.

다른 애들을 따라 이과를 선택해야 했을까?

하지만 한때의 친분을 위해 내게 맞지 않는 진로를 선택한다면 본말전도다.

안 그래도 제 성적보다 수준 높은 학교인 데다 지난 일주일 동안의 수업에도 정성을 쏟지 않았다. 덕분에 이미 학습이 뒤처지기 시작했다.

더구나 선택이 가능한 건 1학년 때뿐이라 2학년에서 3학년에 올라갈 때는 분반이 되어도 면면은 크게 달라지지 않는다.

이대로 가다가는 남은 2년 동안 고독한 고교 생활을 하게 될 것이다.

하지만 먼저 말을 걸려 해도 오늘 아침 같은 "얘 뭐야?" 하는 표정을 상대로 대화를 이어갈 정도로 마히토의 심장은 강철이 아니었다.

——뭔가 대화할 계기라도 있으면…….

하지만 그런 계기란 무엇일까?

혼자 머리를 감싸고 있을 때였다.

"——저기, 우츠로기…… 맞지?"

뒤에서 조심스러운 목소리가 들렸다.

돌아보자 여학생이 서 있었다. 앞머리가 길고 안경을 쓴 소녀였다.

밑에서 올려다보는 모양새의 마히토는 눈이 동그래졌다.

앞머리에 거의 가려진 그녀의 맨얼굴이 잘 보였기 때문 이다.

긴 흑발에 뿔테 안경이라고 하면 수수할 것 같지만 가당 치 않다. 앞머리 밑에서 엿보이는 얼굴은 작고 단정해 안 경 밑에서 엿보이는 커다란 눈동자를 더욱 돋보이게 했다.

게임이라면 머리 모양만 살짝 바꿔도 완전히 달라지는 타입의, 숨은 미인 같은 소녀다. 그 주변을 포함해 누가 봐 도 '반장' 같은 모습의 여학생이었다.

정말로 실존한다고 감탄하며 마히토의 말문이 막혔다.

"맞는데, 저기……?"

——아뿔싸. 이름을 모른다.

잘 생각해 보면 이 여자애뿐만 아니라 반 친구들 이름을 전혀 모른다. 그러니 친구가 안 생기지. 자업자득이다.

하지만 반장 같은 여자애는 친절하게도 이름을 알려주

었다.

"히메미야 유이야. 일단 이 반의 반장이고……."

반장── 히메미야는 짐작한 대로 반장이었다.

마히토는 황급히 자세를 고쳤다.

"그, 그랬구나. 미안해. 기억해 둘게."

겸사겸사 다른 친구들의 이름도 가르쳐주면 좋겠지만, 그런 어이없는 질문을 할 분위기는 아닌 듯했다.

──어째, 엄청 심각해 보이네……?

이제부터 참회라도 시작할 듯한 분위기였다. 유감스럽게도 마히토는 신부님도 아니거니와 이 소녀와도 초면이지만.

아무튼 반장이 말을 건 걸 보면 학급 일인가?

"혹시 제출할 거라도 있었나?"

여하튼 지난 일주일은 수업 내용도 한 귀로 흘렸다. 숙제 한두 개쯤은 잊었을 가능성이 컸다.

어떻게든 말을 걸어 보자 히메미야는 조금 당황한 듯 고개를 가로저었다.

"아니, 그런 게 아니라, 그……."

말끝을 흐리며 시선을 돌리는 히메미야는 어쩐지 쑥스러운 듯 얼굴을 붉히고 있었다.

──엥, 무슨 반응이지?

즉각 자기 바지를 확인했다. ……지퍼가 열렸다는 고전

적인 착각은 아닌 모양이었다.

여자애가 이런 반응을 하면 초면이라도 뭔가 기대하고 싶어지는 것이 남자 고등학생이라는 슬픈 생물이다. 그것이 좋아하는 여자라면 머릿속이 단숨에 꽃밭이 된다.

마히토는 마음을 진정시키듯 작게 숨을 골랐다.

——자, 진정해. 그냥 다른 사람과 대화하는 게 서툰 사람일 뿐일 거야.

자신이 가여운 남자 고등학생의 일원인 건 부정할 수 없는 사실이지만, 한편으로는 그런 남자가 여자에게 "징그러워"라며 비웃음을 사는 것도 알고 있다.

중학교 때는 벌칙 게임으로 그런 남자에게 고백하며 웃음거리로 삼는 무서운 놀이를 하는 여자까지 있었을 정도다.

여기서 대응을 잘못하면 남은 2년의 고교 생활이 끝장난다. 그러니 지금은 냉정하게 상황을 판단해야 한다.

모습을 살펴보니 히메미야는 뒤로 돌린 손을 잡고 부끄러운 듯 이렇게 말했다.

"우츠로기, 나, 기억나?"

"응?"

예기치 못한 말에 마히토는 얼빠진 목소리를 냈다.

──엥, 누구지?

히메미야는 그리 눈에 띄지 않는 여자애지만, 같은 반이라면 기억할 것이다. 적어도 고1 때 다른 반이었던 건 틀림없다.

그리고 반이 다르면 교류할 기회도 적다. 접점은 없었을 것이다.

──그렇다면 중학교나 초등학교 때 아는 사이였나……?

거기까지 가면 기억하지 못하는 사람도 많다.

기억해 보고자 용을 쓰고 있는데 히메미야는 작게 한숨을 쉬었다.

"……뭐, 그렇겠지."

그것은 실망한 듯한 한숨이자, 한숨 돌린 듯한 안도의 한숨으로도 느껴졌다.

──어쩌지? 기분이 상했을까……?

자신을 기억하지 못한다는 말에 기분 좋을 사람은 없을 것이다.

"미안해……."

죄책감이 솟구쳤지만, 여기서 거듭 변명하는 게 더 안 좋을 것이다. 마히토는 솔직하게 사과했다.

머리를 숙이자 히메미야는 고개를 가로저었다.

"아니야. 신경 쓰지 마. 아마 그럴 거라고 생각했으니까."

──착한 사람이네.

화를 낼 줄 알고 마음의 준비를 했던 마히토는 조금 감동했다.

그리고 머뭇머뭇 물어보았다.

"저기, 물어봐도 될까? 우리가 어디서 만났더라?"

"그건……."

원치 않는 질문이었을까? 히메미야는 노골적으로 시선을 피하더니 말을 돌리고자 입을 열었다.

"그보다, 난처해 보여서……."

——뭐지? 묻지 않는 게 나으려나?

이 소녀가 누구인지는 궁금하지만, 지금 무례한 태도를 보인 건 자신 쪽이다. 여기서 더 매달릴 용기는 마히토에게 없었다.

대신에 귀 뒤를 긁적이며 쓴웃음 지었다.

"난처하냐고 한다면, 맞아. 실은 지난 일주일 동안 제대로 수업을 안 들었거든. 노트 필기도 제대로 안 해서 갑자기 수업을 못 따라가겠네."

자신의 실수를 비웃듯 그렇게 말하자 히메미야는 의외로 진지한 표정을 지으며 고개를 숙였다.

"그래……? 그렇구나, 확실히 그렇겠지."

"응?"

한심한 이야기일 터인데 묘하게 이해해 주자 마히토는 어안이 벙벙했다.

"잠깐만 기다려."

그렇게 말한 히메미야는 어느 책상으로 향했다. 그곳이 자기 자리일 것이다. 안을 뒤적거리더니 노트 몇 권을 들고 돌아왔다.

"이거, 내 노트라도 괜찮다면 빌려줄게."

"정말? 그래도 돼?"

히메미야는 마침내 미소 지었다.

"이런 거라도 괜찮다면."

마히토는 눈을 크게 떴다.

──이 애, 역시 마음이 있는 거 아냐?

그렇게 생각하고 싶어질 정도의 미소였다.

가슴이 쿵쿵 뛰어서 마히토는 심호흡했다.

냉정하게 생각하자.

어떤 과거가 있었던 간에 반장이기에 곤경에 빠진 반 친구를 걱정했을 뿐이라고 생각하는 게 자연스러울 것이다. 아는 사람이라 더더욱 그랬을 수도 있다.

──그런데 어디서 만났지……?

일단 그게 문제다.

그걸 물어보려 하자 쉬는 시간의 끝을 알리는 종이 울렸다.

"그럼 난 가 볼게. 노트는 다 베끼면 책상에 올려놔 줘."

"아, 고마워."

히메미야는 자기 자리로 돌아갔다.

그런 뒷모습을 멍하니 바라보는데 옆자리에서 누가 팔을 쿡쿡 찔렀다.

"반장이 저렇게 말하는 거 처음 봐. 너희 무슨 사이야?"

옆자리 남자애였다. 그보다 이미 히메미야에게는 '반장'이라는 호칭이 붙은 모양이었다.

——그나저나 평소에는 역시 별로 말이 없는 아이인가?

마히토는 고개를 가로저었다.

"아, 아냐, 나도 초면……은 아닌 모양이지만, 처음 대화 나눴어."

곤혹스럽기보다 죄책감을 느끼며 마히토는 당황해 그렇게 대답했다.

"흐으음. 그래?"

남자애는 수상쩍은 표정을 지었지만, 이내 선생님이 들어왔기에 일어나서 인사를 했다.

다음 수업은 싫어하는 수학이었다. 문과로 왔다고 해서 수학과 멀어지는 것은 아닌 모양이다.

그런데 수업이 시작되어도 옆자리 남자애는 말을 걸었다.

"우츠로기랬나? 너 말하는 것도 처음 봤어. 전에는 말을 걸어도 대답도 안 했잖아?"

"아, 미, 미안해. 몰랐어……."

교과서를 세워 얼굴을 가리며 마히토는 사과했다.

아무래도 지난주에 말을 걸었던 모양이다. 동생 일로 머리가 복잡해서 전혀 기억나지 않았다.

"몰랐다니 진심이야? 뭐, 상관없지만."

"아니, 그게, 지난주에는 사정이 좀 있어서……."

"뭐, 그건 보면 알지만. 무슨 일이 있었는데?"

"그게, 가족이 사고를 당해서 좀……."

단적으로 설명하자 그는 숨을 삼켰다.

"미, 미안해. 괜한 걸 물어서."

"아니야, 괜찮아."

"힘들었겠네……."

남자애는 동정을 담아 어깨를 토닥여 주었다.

그리고 마히토는 대화 상대의 이름도 모른다는 것을 깨달았다.

"저기……."

"아아, 난 아즈마기야. 아즈마기 리츠토."

"미안해, 이름도 모르고……."

아무래도 미안했기에 머리를 숙이자 남자애—— 아즈마기는 기분이 상한 기색도 없이 웃었다.

"괜찮아, 괜찮아. 학교생활에 충실할 때가 아니었잖아. 가족은 이제 괜찮아?"

"응. 상처 자체는 심하지 않아서 다음 주에 퇴원했거든. ……다만, 후유증이 좀 남아서."

"그렇구나……. 빨리 나아졌으면 좋겠다."

마히토는 애매하게 고개를 끄덕였다.

──좋아지면 좋겠지만, 기억이 돌아오면 또 대화가 단절되려나……?

문득 그런 생각이 떠오르자 마히토는 퍼뜩 놀랐다.

황급히 머리를 저어 그 생각을 몰아냈다.

──내가 무슨 생각을 하는 거야!

그래서야 마치 기억을 잃어서 좋다는 것 같잖아. 지금의 유우리를 부정하는 건 아니지만, 기억을 잃은 상태가 좋을 리 없다.

만약 기억을 되찾아 대화가 단절된다면 마히토의 노력 부족이지 유우리의 잘못은 아니다.

그런 마히토에게 아즈마기는 걱정스러운 표정을 지었다.

"정말 괜찮아?"

"아, 응. 아무것도 아니야."

"그렇게는 안 보이는데……."

얼버무리듯 애매하게 웃자 선생님의 목소리가 울려 퍼졌다.

"거기, 조용히 해."

이미 수업은 시작되었다.

목소리를 낮추기는 했지만, 아무리 그래도 말이 너무 많았던 모양이다. 선생님에게 혼나고 말았다.

마히토와 아즈마기는 황급히 자세를 고친 뒤 웃었다.

어쨌든 2학년이 되어 처음으로 친구가 생긴 순간이었다.

그런 두 사람을 반장인 히메미야가 빤히 바라보는 줄도 모르고.

◇

"귀엽다! 유우리 너무 귀여워! 최고야! 어깨에 작은 백설 공주를 얹은 거야? 우는 아이도 홀릴 미소녀! 아, 시선도 살짝 아래, 그래 조금만 숙여줘!"

방과 후. 유우리는 야마나시네 집에 끌려갔다.

거기서 무엇을 하느냐 하면, 옷 갈아입히기 인형이 되었다. 침대도 하늘거리는 캐노피와 프릴이 잔뜩 달린 쿠션이 즐비해 완전히 촬영 스튜디오나 다름없었다.

——츳키는 여전하네요.

학교에서는 평범한 모습이지만, 중학교에 올라갈 무렵부터 이 취미가 시작되었다. 본인의 패션은 초등학교 고학년 무렵에는 완성된 모양이다.

야마나시의 부모님은 두 분 모두 드라마 등의 스타일리스트라는 모양이라, 부모님을 보고 자라다 보니 자연스레 그렇게 되었다나 보다. 그래서인지 특히 화장 솜씨는 고1 수준이 아니었다.

유우리도 여자로서 멋 부리기에 관심이 없는 것은 아니라 이래저래 묻다 보니 어느샌가 옷 갈아입히기 인형이 되어 있었다.

실제로 귀여운 옷을 입혀 주었기에 싫지는 않았다.

오늘은 새카만 고스로리 복장에 쇠사슬이 늘어져 있어 메탈 밴드 같은 차림이었다.

이런 옷을 어떻게 구하는 걸까? 고개를 갸웃거리며 야마나시의 말대로 포즈를 취하고 셔터 세례를 받았다.

자기 손가락을 보자 새카만 매니큐어가 발려 있었다. 맑은 검은색은 어쩐지 비싸 보였다. 얼굴에도 새하얀 화장이 되어 있었고, 입술에도 검은 립스틱이 발려 있었다.

이번에는 고딕 메탈 재킷 같은 코디네이트지만, 니트 카디건이나 기장이 짧은 치마라는 숲속 소녀 스타일일 때도 있는가 하면, 다른 학교 교복을 입을 때도 있다.

모두 제 손으로는 입지 않을 차림이지만, 그렇기에 재미있기는 하다.

다만…….

"아, 그 표정 좋다! 그 나른한 느낌 최고야!"

친구는 크게 기뻐했지만, 어쩐지 미안한 기분이 들었다.

"저기, 츳키. 늘 저만 옷을 입히는데, 츳키는 안 꾸며도 되나요?"

직접 하려고는 생각하지 않는 화장이기는 하지만, 실제

로 제대로 갖추려면 눈알이 튀어나올 만한 금액이 든다.

게다가 이 옷 갈아입히기에서 피부가 상한 적은 없고, 화장 도구 자체도 상당히 좋은 것을 사용한다는 걸 알 수 있었다.

야마나시의 취미라고는 하지만, 유우리만 받는 상태였다. 매번 이렇게까지 해 주면 아무래도 마음이 불편했다.

그렇게 묻자 야마나시는 진심으로 의아한 듯 고개를 갸웃거렸다.

"……? 나는 혼자서도 꾸밀 수 있지만 유우리를 꾸미려면 유우리가 있어야 하잖아?"

"그, 그런 건가요?"

뭐, 혼자일 때 만족할 때까지 하고 있으니 괜찮다는 말인 모양이다.

"아, 아니면 나랑 같이 찍고 싶어졌어? 그럼 기다려! 지금 갈아입을 테니까."

"그런 건 아닌데요……."

말하는 사이에 야마나시는 교복을 훌렁훌렁 벗고 유우리와 똑같은 고스로리 의상으로 갈아입었다. 그 와중에도 빨간색을 바탕으로 해 유우리의 검은색과 맞추었다는 것을 알 수 있었다. 어느 틈에 고쳤는지 화장까지 맞췄다.

야마나시는 셀카봉을 한 손에 들고 유우리의 옆에 털썩 앉았다.

"좋았어, 이제 오케이. 예~이."

"예~이."

이 스타일로 그렇게 외쳐도 될지 의문을 품으면서도 덩달아 포즈를 취했다.

연사 촬영이 끝나자 마침내 후련한 모양이었다. 야마나시는 만족한 얼굴로 침대에 벌렁 누웠다.

"하~ 재미있었어. 일주일이나 유우리를 못 보다니 너무 괴로웠다고."

"그러고 보니 일주일 만이었네요."

지난번에는 유우리가 쿠와고 교복을 받으러 갔던 날이었다. 야마나시가 교복을 보여달라기에 들렀었다.

그날 밤에 사고를 당했다.

——어라? 그 뒤에 해야 할 일이 있었던 것 같은데…….

뭔가 중요한 결심을 했던…… 것 같은 기분이 들었지만 생각나지 않았다.

머리를 굴리는데 야마나시가 얼굴을 빤히 들여다보았다.

"괜찮아? 표정이 안 좋네? 유우리, 무슨 걱정이라도 있어?"

"아, 아니에요. 그게…… 아, 이 매니큐어 꽤 비싸지 않나요? 금방 지울 건데 아깝네요……."

즉시 다른 소리를 했다.

뭐, 이것도 신경 쓰였던 건 사실이다.

딱히 비밀로 하는 건 아니지만, 야마나시의 취미는 가족에게도 말하지 않았다. 그래서 집에 갈 때는 화장도 손톱도 다 지운다.

화장품 금액을 알자 아무래도 죄책감이 들었다.

하지만 야마나시는 깔깔 웃었다.

"뭐야, 그런 거였어?"

"그런 거라니……."

"아냐, 됐어. 어차피 부모님한테 받은 거야. 안 쓰면 아깝잖아."

유우리는 할 말을 잃었다.

"그건 프로 배우들이 쓰는 거라는 뜻인가요?"

"그렇지 않을까? 나도 잘 모르지만."

"그렇게 막 써도 되는 거예요……?"

듣자니 얼마 남지 않은 화장품이나 재고가 들어와 사용하지 않게 된 화장품을 받았다는 모양이다. 어쩐지 좋더라니.

그 뒤 야마나시는 기쁜 듯 웃었다.

"에헤헤~ 하지만 그런 걸 신경 쓰는 유우리가 좋아."

"으으음……."

그대로 안긴 유우리는 최소한의 항의로 뺨을 부풀릴 수밖에 없었다.

"유우리야말로 더 꾸미지 않을래? 이렇게 귀여운데 아

깝다니까."

"저는 꾸며도 보여줄 사람이 없——."

말하다 말고 왜인지 오빠의 얼굴이 떠올랐다.

——아니, 오빠에게 꾸민 모습을 보여줘도 소용없잖아요!

그런 동요를 알아채지 못했는지 야마나시는 당연한 듯 말했다.

"나한테 보여주면 되잖아. 난 보고 싶어."

"츳키는 그렇게 말하지만 저는 츳키가 더 귀엽다고 생각해요."

적어도 자신을 갈고닦는 노력으로 치자면 유우리는 발끝에도 미치지 못한다. 그런 야마나시와 자신을 비교하는 건 주제넘은 짓일 것이다.

하지만 야마나시는 어이없다는 듯 고개를 저었다.

"유우리. 나의 귀여움과 너의 귀여움은 별개잖아?"

"네? 다른가요?"

"당연하지. 예를 들면 나는 뭘 입어도 귀엽지만, 네가 입는 게 더 귀여운 옷도 있잖아? 그 반대도 있고. 그런 건 누가 더 낫다는 이야기와는 다르지 않아?"

"그, 그러게요……."

의외로 진지한 대답을 해 주었기에 유우리는 당황했다.

"뭐, 난 의외로 유우리보다 귀여운 여자애는 본 적이 없지만."

갑자기 전제가 붕괴했다.

뭐, 자신이 귀엽다는 데 굳건한 자신감을 가진 점은 이 친구답다.

야마나시는 낄낄 웃으며 유우리의 은발을 만졌다.

"걱정하지 않아도 너는 귀여워. 내가 보증해. 이 머리카락도 예쁘고 큰 눈도 귀엽고 매끄러운 뺨도 귀엽고, 모든 부분이 귀여워."

"아으으. 조금 더 자중을……."

귀엽다고 연호하자 유우리는 눈물을 글썽였다. 남들 앞이었다면 아마 도망쳤을 것이다.

──하지만 그런 츳키라서 계속 친구로 지내는 거겠지요…….

유우리의 머리카락을 코앞에서 예쁘다고 말해 주는 사람은 야마나시뿐이니까.

"……어라?"

그 순간, 고개를 갸웃거렸다.

──나는 유우리의 머리카락이 예뻐서 좋아.──

전에도 누군가에게 그런 말을 들었다.

다만, 떠올리려고 해도 물이나 모래처럼 손가락 사이로 스르륵 빠져나가서 그게 누구였는지는 알 수 없었다.

――그건 혹시 오빠였을까……?

그렇다면 아주 소중한 추억이었을 것이다. 그런데 아직도 실감하지 못하고 있다.

유우리가 생각에 잠겼지만 야마나시는 개의치 않고 계속 떠들어댔다.

"있잖아, 혹시 꾸미면 나한테도 사진 보내줘."

한숨을 쉬며 유우리는 수상쩍은 표정을 지었다.

"대체 셀카를 찍어서 뭐 하죠? 인스크에 올리나요? 하지만 저는 인스크를 안 하는데요……."

인스크란 주로 셀카나 생활 풍경 등의 사진 및 동영상을 업로드해 타인과 교류하는 SNS 이름이다. inscription telegram의 약자로, 비석처럼 마음에 남는 정보를 전보처럼 재빨리 발신할 수 있는 서비스라는 의미라는 모양이다.

야마나시에게 추천받아 유우리도 일단 계정은 갖고 있지만 별로 이용하지는 않는다.

"응? 그것 말고도 남친에게 보내기도 하잖아?"

"나, 나나나나나남친 같은 건 없어요!"

저도 모르게 얼굴을 붉히며 부정하자 야마나시는 신묘한 얼굴로 생각에 잠겼다.

"……잠깐만. 너한테 벌레가 붙는 건 못 참아."

"벌레라니요. 그보다 츳키야말로 남친이 있지 않나요?"

그 지적에 야마나시는 또 의미를 모르겠다는 듯 고개를

갸웃거렸다.

"내가? 왜? 유우리가 있는데?"

"무서우니까 하지 마세요……."

친구의 언동이 너무 불온해서 도망치고 싶어졌다.

그때 야마나시는 쓴웃음을 지었다.

"뭐, 유우리에게 남친은 없겠지."

"왜죠?"

"그야 너는, 오——."

무슨 말을 하려 했는지 야마나시는 당황한 모습으로 제 입을 막았다.

"……? 뭐라고요?"

눈썹을 찌푸리는 유우리에게 야마나시는 놀리듯 미소를 지었다.

"유우리, 남자 싫어하지?"

"아뇨, 싫어하기까지는……. 불편할지도 모르지만."

우물우물 변명했지만, 좋은 감정은 별로 없다는 건 변함 없었다.

야마나시는 좋은 생각이라도 번뜩였는지 손뼉을 쳤다.

"그래, 알았다! 유우리, 해외로 가서 나랑 결혼하자."

"전 연애결혼 하고 싶은데요?"

"……? 연애도 나랑 하면 되잖아."

어디까지 진심인 건지 양팔을 크게 벌린 친구 때문에 유우리는 골치가 아팠다.

그때 스마트폰이 띠리리링 하고 시끄러운 소리를 냈다. 뭔가가 대량으로 전송된 LIME 알림음이었다.

스마트폰을 열어 보니 오늘 촬영한 데이터였다. 유우리가 사진을 열자 야마나시가 엿보며 멋대로 조작하기 시작했다.

"이거! 오늘 베스트 샷은 이거야. 이건 조금 차가운 느낌이 최고야."

"그, 그런가요……?"

자신의 사진을 찬미하는 말을 듣는 건 상당히 수치심을 유발하는 행위였다.

하지만 칭찬받는 건 기쁘기도 하기에 불평할 수는 없었다.

"유우리는 조금 더 자신의 귀여움을 자각하는 게 좋을 거야. 웬만한 독자 모델 뺨치고, 이 눈이 바라봤을 때 기죽지 않는 남자는 없었잖아?"

"저는 그렇게 남을 노려보지 않거든요!"

"하하하, 말은 잘하네."

마치 농담이라도 들은 듯 야마나시는 웃었다.

——저는 그렇게 노려보지는 않죠? 그렇죠?

자각이 싹트려면 아직 멀었다.

그 뒤 야마나시와 함께 찍은 사진으로 시선을 옮겼다.

야마나시는 사진 촬영도 아주 잘한다. 사진 속 유우리는 자신이 아닌 듯 아름다웠다.

그때 문득 의문이 들었다.

──난 이런 사진을 오빠에게 보여준 적이 있나?

아니, 자신과 야마나시 둘만의 비밀 같은 취미였을 터였다. 가족에게도 보여준 적이 없는데 의붓오빠에게 보여주지는 않았을 것이다.

──하지만 오빠와는 사이가 좋았던 것 같은데…….

알려지면 부끄럽겠지만, 귀엽다고 말해 준다면 기쁠 것이다.

──츳키처럼 좋아해 줄까요……?

가족의 사진은 보여주면 의외로 즐겁다.

하지만 그것은 추억을 공유할 수 있기에, 혹은 추억을 돌아볼 수 있다는 전제가 있을 때의 이야기다.

그 추억이 행방불명인 유우리를 이 법칙에 적용하는 건 조금 경솔할 것이다. 오빠는 다정하지만, 유우리는 그런 오빠를 잊어버린 동생이니까.

그러나 반응을 보고 싶은 마음도 있었다.

하지만 보여주기는 부끄러웠다.

게다가 전혀 관심 없는 듯한 표정을 짓는다면 한동안 말을 걸 용기를 잃을 것이다.

하지만 궁금했다.

"아, 그래. LIME 이력……."

사진 데이터를 보내는 건 LIME으로만 할 것이다. 적어도 유우리는 다른 수단을 잘 모른다.

그렇다면 주고받은 게 있었는지는 이력을 보면 알 수 있다는 뜻이다.

——겸사겸사 나랑 오빠가 어떤 대화를 나눴는지도 알 수 있을지 몰라…….

왜 지금까지 그걸 생각하지 못했을까?

그리하여 LIME을 연 유우리는 눈이 휘둥그레졌다.

"어? 어째서……?"

LIME 연락처에 오빠 이름이 없었다.

——아빠나 엄마는 있는데…….

가족이 다 있는데 어찌 된 일인지 오빠만 보이지 않았다.

당황한 유우리의 모습에 야마나시가 고개를 갸웃거렸다.

"왜 그래?"

"그게, LIME에서 연락처가 사라진 사람이 있어서요……."

"으응~? 유우리, 스마트폰 바꿨어?"

"그런 건 아닌데요……."

처음으로 스마트폰을 가진 건 중학교 2학년 여름이고, 한 번도 기종 변경을 한 적은 없다. 가족 연락처는 처음 샀을 때 등록했을 터였다.

야마나시는 입술에 손가락을 대고 말했다.

"저절로 사라지기도 하나? 연락처를 물어보고 입력하는 걸 깜빡한 거 아니야?"

"그럴 리는……."

아니, 그것도 기억하지 못한다. 아니라고 단언할 수는 없다.

——뭐지? 무슨 사정이 있어서 오빠만 없었다거나……?

그렇더라도 나중에 물어볼 기회는 얼마든지 있었을 것이다.

"음~ 본인한테 직접 물어볼 수는 없어? 아니면 연락처를 알 법한 다른 사람이 있다든지."

"아, 아니에요. 물어보려면 물어볼 수 있거든요."

"그래?"

진지하게 상담해 주려는 야마나시에게 유우리는 황급히 그렇게 대답했다.

왜 사라진 건지는 모르겠지만, 집에 가서 물어보면 그만이다.

이때는 그렇게 가볍게 생각하며 깊게 고민하지 않았다.

◇

"그런데, 왜 아즈마기까지 있는 거야?"

방과 후. 어찌 된 일인지 마히토는 히메미야와 아즈마기까지 뭉쳐 셋이 교내를 걷고 있었다.

수업을 따라갈 수가 없다고 털어놓자 히메미야는 공부를 가르쳐 주겠다고 제안했다.

그리하여 도서실로 가게 되었는데, 왜인지 거기에 아즈마기도 따라온 것이다.

──유우리는 하굣길이 괜찮을까?

입학 때까지 역으로 가는 길은 몇 번이나 오갔을 테고 친한 친구도 있는 모양이었다. 미아가 될 일은 없겠지만, 오늘이 첫 등교인데 걱정하지 않기는 어려웠다.

그런 생각으로 심란한데 아즈마기가 갑자기 어깨동무했다.

"왜냐니, 그야…… 그, 우츠로기를 오락실에 데려가려 했는데 반장이 선수를 쳐서 그렇지!"

마히토에게 조금도 관심이 없는 듯 아즈마기는 어색한 우정을 과시했다.

──이거 혹시……?

아즈마기가 히메미야를 의식하는 것 같다는 건 초면인 마히토라도 알 수 있었다.

즉, 이 남자도 히메미야가 숨은 미소녀라는 걸 알아챈 것이다.

그때 가슴속에 솟구친 것은 질투 같은 독점욕이 아니라

동지를 발견한 듯한 친근감이었다.

역시 아는 사람은 안다.

마히토가 혼자 공감하며 고개를 끄덕이자 히메미야는 의아한 듯 고개를 갸웃거렸다.

"그래? 미안해. 선약이 있는 줄은 몰랐어."

"아, 아니야, 딱히 그런 건……."

아즈마기는 안도한 듯하면서도 낙담한 듯 복잡한 표정을 지었다.

마히토는 눈을 가늘게 떴다.

──꽤 노골적인 반응을 하는데…….

공교롭게도 히메미야는 전혀 눈치채지 못한 모습이었다.

일순 마히토는 히메미야가 자신에게 마음이 있나 싶었지만, 둘 다 오늘이 초면이나 마찬가지였다.

──남은 2년 동안 교실에서 외톨이로 지내고 싶지는 않았다.

착각일지도 모르는 기대보다 앞으로 졸업 때까지 친구가 되어 줄 사람이 마히토에게는 더 중요했다.

히메미야는 곤란한 듯 중얼거렸다.

"그럼 도서실은 다른 날 가는 게 좋을까?"

"아~ 그게, 어떨까……?"

다른 날 간대도 아즈마기는 납득하지 않을 것 같았다.

마히토는 큰맘 먹고 이렇게 말해 보았다.

"아즈마기만 괜찮다면 같이 스터디할까?"

스터디. 실제로 그런 말을 쓸 날이 올 줄은 몰랐다.

아즈마기는 믿을 수 없다는 듯 눈을 동그랗게 떴다.

"괜찮겠어……?"

"응. 가르쳐 줄 사람이 많으면 히메미야도 부담을 덜 테고."

그렇게 말하며 히메미야에게 눈길을 보내자 그녀도 고개를 끄덕였다.

"나는 뭐든 상관없어."

그 대답에 아즈마기는 옛 만화처럼 코 밑을 비비며 어쩔 수 없다는 듯 웃었다.

"우츠로기……. 너, 좋은 녀석이구나. ……좋았어! 그럼 나도 공부를 봐줄게."

이리하여 영문도 모른 채 세 사람은 도서실에서 스터디를 하기로 했다.

……참고로 아즈마기는 배우는 쪽이었다.

◇

"대체 어디에서 만났을까……."

밤. 히메미야에게 빌린 노트를 베끼며 마히토는 제 방에서 혼잣말했다.

방과 후 스터디는 실로 유익했다. 아직 수업이 시작된 지 1주일밖에 되지 않았기 때문인지 진도를 따라갈 수 있을 정도로는 모르는 부분도 줄었다.

그대로 노트를 돌려줘도 좋겠지만, 이왕이면 베껴 쓰기로 했다.

히메미야의 노트는 깔끔하게 정리되어 있어 대단히 보기 편했다. 중요한 부분은 빨간색으로 적혀 있거나 형광펜으로 칠하는 등, 복습하기도 편할 듯했다. 성격을 나타내듯 섬세한 글씨라 어쩐지 어른스러운 느낌이었다.

그렇기에 그녀를 떠올리지 못하는 게 마음에 걸렸다.

미안하기도 하지만, 무슨 관계였는지가 궁금해서 참을 수가 없었다.

——러브 코미디에서는 어린 시절에 결혼을 약속했을 것 같은 이야기지만.

공교롭게도 마히토에게는 유치원 시절에도 그런 주변머리는 없었다. 꿈을 꿔 봤자 허무할 뿐이었다.

하지만 그런 가능성이라도 고려하지 않고서는 자신을 기억하지 못하는 상대에게 그렇게 다정하게 대하는 이유를 이해할 수 없었다.

그렇게 생각하며 떠오른 것은 히메미야의 얼굴이 아니라 동생의 얼굴이었다.

"……혹시 유우리도 이런 기분일까?"

자신이 기억하지 못하는데 무조건 다정하게 대해 주는 건 기쁘다기보다 죄책감이 컸다.

동생을 배려하려는 마음이 쓸데없이 부담을 주는 건 아닐지 불안해졌다.

하지만 뗴칠 수도 없다.

과연 어떻게 마주하는 게 정답일까?

등받이에 몸을 기대고 마히토는 또 혼잣말을 중얼거렸다.

"유우리, 괜찮았을까……?"

동생은 하굣길에 어딘가 들른 모양이라 아직 집에서 얼굴을 보지 못했다.

마히토와는 달리 친구가 있는 모양이니 괜찮을 거라고 생각하고 싶지만, 등교할 때 불안한 모습을 봤으니 걱정하지 않기란 어려웠다.

친구와 만나 조금은 긴장이 풀린 모양이지만, 새로운 환경에서는 무슨 일이 일어날지 알 수 없다.

고등학생이나 되었으니 머리 색으로 놀림 받을 일은 없다고 생각하고 싶지만, 한 달 전까지 중학생이었던 애들이다. 멍청한 짓을 할 가능성도 부정할 수 없다.

고민은 늘어나기만 해서 코 밑에 샤프펜을 끼우고 있을 때였다.

방문을 똑똑 두드리는 소리가 들렸다.

"오빠, 지금 잠깐 시간 있나요?"

"응, 들어와."

유우리가 방에 찾아온 게 몇 년 만일까? 당황한 마히토는 의자에 걸려 넘어질 뻔하며 일어났다.

"저기……."

문을 열자 뭔가 불편한 표정의 유우리가 서 있었다.

역시 학교에서 무슨 일이 있었나 싶어 가슴 졸이는데, 동생은 그 팔에 안고 있던 것을 확 들이밀었다.

"오빠, 정말 죄송해요."

유우리가 내민 것은 마히토의 잠옷이었다.

아, 저번에 잘못 입었던 그거구나.

세탁해서 돌려준 것이리라. 깔끔하게 접혀 있어 새 제품 같았다. 이런 면은 꼼꼼한 성격의 유우리답다.

"그게, 깨끗이 빨았으니 더럽지는 않을 거예요."

의기소침한 유우리에게 마히토는 웃으며 고개를 가로저었다.

"신경 쓰지 말라니까. 괜찮아."

"네……."

그렇게 말한다고 금방 잊을 동생이 아니다. 유우리는 회한과 수치심이 뒤섞인 표정으로 고개를 숙였다.

그런 반응에서 히메미야와 있었던 일이 떠올랐다.

신경 쓰지 말란다고 신경 쓰지 않을 수는 없다.

──이럴 때 제대로 이야기하지 않았던 것도 아마 잘못이었겠지.

정답은 알 수 없다.

그래서 마히토는 똑똑히 말하기로 했다.

"뭐, 반대라면 큰 문제였겠지만, 동생이 오빠 옷을 입는 대도 딱히 문제는 없어."

"반대라니요?"

무슨 소리인지 모르겠다는 듯 고개를 갸웃거리는 동생에게 마히토는 복잡한 표정을 지었다.

"한번 생각해 봐. 내가 네 옷을 입으면 꽉 낄 거야. 찢어지지는 않겠지만 늘어나서 입을 수 없게 되겠지?"

"그야 뭐……."

"그리고 그림이 너무 변태 같잖아."

그렇다. 오빠가 동생 옷을 입으면 문제밖에 없지만, 동생이 오빠 옷을 입어봤자 손상될 일도 없거니와 변태 같지도 않다. 아무런 문제도 없다.

"후훗."

여장한 오빠를 상상했으리라. 유우리는 참지 못하고 웃음을 흘렸다.

마침내 동생이 웃어 주자 마히토도 어쩐지 안심했다.

그리고 무슨 장난이라도 생각난 듯한 미소를 지었다.

"하지만 오빠라면 꽤 잘 어울릴걸요?"

"가, 감히 그렇게 나오시겠다……?"

굳은 미소를 지으면서도 마히토는 또 조금 안심했다.

──농담을 할 수 있을 정도로는 마음을 열었다고 생각해도 될까?

유우리가 돌아온 지 며칠이 지났지만, 초면인 인간에게 느끼는 거리감이라면 이런 농담은 하지 않을 것이다. 이 동생은 그런 성격이다.

그것이 마히토를 놀릴 정도의 거리로 좁혀졌다는 게 솔직히 기뻤다.

생각해 보면 아침에도 '선배'라고 부르며 놀렸다. 마히토가 생각하는 것보다 훨씬 더 유우리는 오빠와 잘 마주해 주는지도 모르겠다.

그러다 아직 유우리가 잠옷을 내밀고 있다는 것을 깨달았다.

"잠옷 가져와 줘서 고마워."

"……."

그렇게 말하며 받으려 하자 어찌 된 일인지 유우리는 아쉬운 듯한 표정을 지었다. 아예 잠옷을 꽉 잡고 놓으려 하지 않았다.

"……저기, 혹시 이게 마음에 들었어?"

"네에? 아, 아니에요, 이건!"

아무래도 무심결에 잡았던 모양이다. 유우리는 펄쩍 뛰며 고개를 가로저었다.

그리고 얼굴을 새빨갛게 물들이며 말했다.

"그게, 지금 가진 옷이 꽤 작아져서 오빠 잠옷은 의외로 편했거든요. 절대로 이상한 생각을 한 게 아니에요!"

황급히 양손을 저으며 말하는 동생은 자신이 무슨 말을 하는지 모르고 있었다.

──다 말해 버렸는데 괜찮을까……?

오늘 아침에도 그랬지만, 이 동생은 대화할 수 있게 되자마자 생각을 죄다 입 밖에 낸 모양이었다.

마히토는 쓴웃음 지었다.

"마음에 들었으면 줄게."

"──네? 정말요?"

적극적으로 반응하자 마히토도 무심결에 몸을 뒤로 젖혔다.

여벌 잠옷 정도야 몇 벌인가 있으니 한 벌 정도는 줘도 문제없다.

"그런 거라도 괜찮다면."

"에헤헤, 소중히 입을게요."

그런 게 뭐가 좋은지 모르겠지만, 당사자인 유우리는 기쁜 듯 잠옷을 안고 얼굴을 묻었다.

그런 표정을 지으면 불평할 마음도 들지 않는다.

"그나저나 동생과 옷을 공유하게 될 줄은 몰랐어."

보통은 형과 남동생, 언니와 여동생처럼 동성 간에 이루어질 것이다. 우리는 오빠와 동생이니 유우리가 마히토의 옷을 물려받을 일은 없었다.

유우리는 고개를 갸웃거리더니 웃었다.

"그럼 다음엔 제 옷을 오빠에게 빌려줄게요."

"왜 여장시키려는 건데?"

"엥~ 잘 어울릴 텐데요."

어디까지 진심인지 알 수 없는 말에 마히토도 떨떠름한 표정을 감출 수 없었다.

그러고는 뭔가 생각났는지 갑자기 표정이 흐려졌다.

"……아, 그랬죠."

그때까지의 기쁜 표정과는 정반대로 심각한 표정으로 보였다.

마히토도 진지하게 되물었다.

"왜 그래? 학교에서 무슨 일 있었어?"

"아, 아니요, 그런 게 아니라……."

입으로는 부정하지만, 뭔가 말하기 힘든 일이 있는 모양이었다. 유우리는 양손을 깍지 끼며 서 있었다.

한동안 기다리자 이윽고 유우리는 용기를 쥐어 짜내듯 입을 열었다.

"저기, 오빠."

"응. 왜 그래?"

"……그."

입을 열었지만 말은 이어지지 않았다. 극심한 갈등을 하는 표정인 걸 보니 중요한 이야기일지도 모르겠다.

"애들아, 밥 먹어~."

가만히 다음 말을 기다리는데 1층에서 엄마가 부르는 목소리가 울려 퍼졌다.

마히토도 저녁을 만들기는 하지만, 그건 엄마의 귀가가 늦거나 바쁜 날이다. 기본적으로는 엄마가 만들어 주는 날이 더 많다.

"알았어."

대답한 마히토는 유우리에게 말을 걸었다.

"이야기는 밥 먹고 나서 할까?"

그렇게 말하고 문을 열려 하는데 유우리가 다급한 모습으로 손을 뻗었다.

"자, 잠깐── 아."

"──위험해!"

당황한 동생은 발이 걸려 얼굴부터 넘어지려 했다.

요즘 유우리는 자주 넘어진다. 마히토는 반사적으로 잡으려고 몸의 정면으로 향했지만, 유우리 쪽도 버티려 했는지 발을 내디뎠다.

그 결과, 두 사람은 정면으로 충돌해 넘어졌다.

"아야야……."

마히토는 벽 쪽에 몰려 엉덩방아를 찧었다. 뒤통수를 세게 부딪쳐 눈에는 눈물이 고였다.

반면, 유우리는 벽에 손을 짚고 덮치듯 마히토를 내려다보는 형상이었다. 그 손에서 흘러나온 잠옷은 마히토의 몸위에 떨어졌다.

동생의 벽치기가 마히토를 덮쳤다.

은색 머리카락 사이로 엿보이는 유우리의 얼굴은 새빨갰고, 당황했기 때문인지 호흡이 거칠었다.

"저, 저기, 유우리……?"

머뭇머뭇 이름을 불렀지만 역효과였는지 동생은 목을 꿀꺽 울렸다. 그 눈은 완전히 멍했다.

과거에 날카로운 칼 같던 눈빛과도 달랐다.

먹음직스러운 사냥감이라도 발견한 늑대 같은 눈빛이었다.

그러고는 자연스레 검지로 마히토의 뺨을 만지더니 그대로 턱을 위로 홱 들었다.

차갑고도 강렬한 시선이 똑바로 꽂히자 말이 나오지 않았다.

벙긋벙긋 소리 없는 아우성을 치는 마히토에게 동생은

말했다.

"오빠."

"네, 네에!"

조용히 내뱉은 그 목소리에 마히토는 저도 모르게 뒤집어진 목소리로 대답했다.

──이게 대체 무슨 상황이지?

공포인지 뭔지 모를 감정에 심장이 쿵쾅거렸다.

"오빠에게, 묻고 싶은 게, 있어요."

"……윽!"

숨을 삼켰다.

깜짝 놀라 벌렁거리는 가슴이 공포로 인한 박동으로 바뀌었다.

──기억을 잃기 전의 일인가……?

오늘은 친구와 하교했던 모양이다. 그때 과거의 남매 관계를 알게 되었는지도 모른다.

"아, 아니야. 나는 너를 속이려고 한 게 아니라……."

당황한 마히토의 말을 가로막듯 유우리는 이렇게 말했다.

"LIME 연락처, 알려주세요."

"……응?"

"네?"

예기치 못한 말에 마히토의 눈이 멍해졌다.

유우리도 그런 반응은 예상하지 못한 듯 어안이 벙벙했다.

"아, 아~ 아……. LIME 말이지? 그리고 보니 연락처를 교환하지 않았던가……?"

"그런 모양이에요."

"저기, 밥 먹고 나서 알려줘도 될까? 엄마가 부르잖아."

"그래요. 나중에 부탁드릴게요."

그렇게 말한 유우리는 잠옷을 집어 들고 마히토를 일으켜 세웠다. 오빠인 마히토보다 멋진 동작이었다.

그리고 아무 일도 없었던 듯 방을 뒤로했다.

마히토는 얼굴을 덮었다.

——평범하게 들어라, 좀!

역시 동생의 거리감은 어딘가 이상했다.

아직 쿵쾅거리며 격렬하게 떨리는 가슴을 누르며 소녀 같은 얼굴로 변한 오빠는 한동안 바닥을 뒹굴었다.

'난 몰라아아아아아아아아아아아아아아아아아아아아아!'

한편, 그런 문 너머에서는 동생이 마찬가지로 얼굴을 덮은 채 몸부림치고 있었다.

——하지만 오빠가 그렇게…… 그렇게 작은 동물처럼

반응한걸!

보호 본능을 마구 자극했다고나 할까? 그 얼굴을 보니 등줄기에 오싹오싹한 감각이 내달려 저도 모르게 턱을 홱 들고 말았다.

그 상황에 LIME 이야기를 꺼낸 저 자신을 칭찬해 주고 싶었다.

"하지만……."

오빠의 촉촉한 눈동자를 떠올리자 또 오싹오싹한 감각이 되살아났다. 더 궁지로 몰고 싶은, 위험한 욕구가 솟구쳤다.

못된 취미에 눈을 뜬 듯한 동생이었다.

……참고로 LIME 연락처는 그 뒤 정식으로 알려주었다.

『——나 말고 다른 놈은 보지 마.』

그렇게 말하며 남자는 소녀의 어깨 너머로 벽에 손을 짚었다.

『흐아아아아아······.』

그런 순정 만화를 유우리는 양손으로 얼굴을 덮어가며 잡아먹을 듯 응시하고 있었다.

아니다.

이런 걸 볼 생각은 없었다.

오늘 드디어 스마트폰을 장만했다. 메시지를 주고받으려면 LIME이라는 SNS 앱이 유용하다는 것은 야마나시에게 미리 들어 알고 있었다.

따라서 가장 먼저 가족의 LIME을 물어봤는데, 오빠 것만 묻지 못하고 있었다.

이유는 물론 유우리가 오빠에게 말을 걸 용기가 없었기 때문이다.

——스마트폰을 이용한 메시지라면 평소 말하지 못하는 이야기도 할 수 있다고 생각했는데!

하지만 거기서 포기할 유우리가 아니었다.

오빠는 버츠터라는 SNS 앱도 사용 중이다. 이것은 익명

성이 높은 앱인 모양이라 동생인 걸 숨기고 대화도 할 수 있을 거라는 흑심도 있었다.

따라서 스마트폰에 깔아 봤지만, 정작 오빠의 계정을 몰랐다.

닥치는 대로 검색해 봤지만, 익명성이 높은 앱이라 개인을 특정하기란 초보자에게는 불가능했다.

어찌할 바를 모르고 있는데 Web 광고 만화가 뜬 것이다.

내용은 그냥 평범한 만화였다. 성적인 묘사도 거의 없는, 초등학생도 읽을 법한 장르의 연애 만화였다.

다만, 어렸을 때부터 오빠의 꽁무니만 쫓아다니던 유우리는 필연적으로 취향도 오빠와 같아졌다. 만화를 읽는 게 처음은 아니지만, 오빠가 갖고 있을 법한 소년 만화밖에 본 적이 없었다.

처음으로 읽은 순정 만화로는 조금 자극이 강했을지도 모르겠다.

얼굴을 덮으면서도 다음 내용이 궁금해서 페이지를 넘겼다.

『뭐야, 여기서 끝이야?』

하지만 다음 내용은 앱을 설치하지 않으면 읽을 수 없는 모양이었다.

——으윽, 모르는 앱을 깔기는 무서워요…….

만화 전용 앱은 스마트폰 초보자가 아무와도 상의 없이

깔기에는 문턱이 높았다.

어쩔 수 없이 읽을 수 있는 곳까지 가서 페이지를 되돌렸다.

『하아아아아······.』

그리고 다시 양손으로 얼굴을 덮었다. 그것만으로는 참을 수 없어서 한쪽 눈을 감았다.

그래 봤자 손가락 사이로 똑똑히 보이니 아무런 의미도 없는 것은 알고 있지만, 이러면 조금은 부끄러움이 희석되었다.

그렇게 되돌아온 곳은 아까 본 페이지였다.

벽치기.

이름은 들어본 적이 있었다. 야마나시가 다음에 그 상황으로 사진을 찍겠다고 말했기에 무서워서 싫다고 거절했다.

이걸 자신이 당한다고 망상하자 가슴이 마구 뛰었다.

상대의 얼굴은 당연히 오빠였다.

어깨 너머로 손을 짚고 빠져나갈 곳이 없어 떨면서도 서로의 얼굴이 가까워 가슴 설레는 것을 알 수 있었다. 그렇게 글썽이는 오빠······.

『──배역이 뒤바뀌었잖아요!』

아니다.

가슴 설레는 건 자신 쪽일 것이다.

──하지만 이건 이것대로 괜찮지 않나······?

작은 동물 같은 오빠의 모습을 상상하자 어쩐지 오싹하게 못된 마음이 들었다.

침대 위에서 뒹굴뒹굴 몸부림치다가 문득 제정신이 든 듯 한숨을 쉬었다.

『……뭐, 실제로는 일어나지 않을 테니까요.』

이미 여러모로 뒤틀린 것 같기는 하지만, 망상뿐이라면 아무에게도 피해를 주지 않는다.

그런 망상이 현실이 될 날이 올 줄은 생각도 하지 못했다.

"오래 기다렸죠? 오빠."

주말. 역 앞에서 기다리던 마히토에게 동생이 숨을 헐떡이며 달려왔다.

늘 입는 카디건 밑에는 프릴이 풍성한 셔츠. 목에는 초커, 옷깃 언저리는 검은 리본으로 장식했고, 밑에는 하이웨스트 치마와 부츠를 장착한 나들이 복장이었다. 머리카락도 땋는 등 예쁘게 꾸몄다.

솔직히 남매라도 가슴이 두근거릴 정도로 예쁘고 귀여웠다.

그런 동생과 어찌 된 일인지 일요일 아침부터 역 앞에서 만나고 있었다.

——유우리와 쇼핑이라니 초등학교 이후로 처음인 것 같네.

중학교에 올라오자 쇼핑은 서로의 친구와 하는 일이 많아졌고, 남매끼리 나갈 기회는 거의 없었다.

마히토는 고개를 가로저었다.

"아니, 별로 안 기다렸으니까 괜찮아."

그렇게 말하며 마히토는 의아한 표정을 지었다.

"그런데 왜 밖에서 보자고 했어? 그냥 같이 나오면 됐을 텐데…….”

　한집에 살면서 굳이 밖에서 만나는 게 이해되지 않아서 마히토도 의문을 입 밖에 냈다.

　유우리는 고개를 가로저었다.

　“아니요, 그게, 친구가 복장을 코디해 준다고 해서 그러느라고요.”

　밖에서 옷을 갈아입었던 모양이다.

　“아아, 여자애는 그런 것도 있구나.”

　“그런 것도 있어요.”

　힘차게 단언했기에 마히토도 의문을 표할 여지가 없었다.

　그리고 그렇게 확고한 태도에서 부끄러운 소녀처럼 변모하더니 얼굴의 반을 가리듯 스마트폰을 들었다.

　그곳에는 LIME 화면이 표시되어 있었다.

　“그리고 오빠랑 만나면서 LIME을 사용하는 걸 한번 해보고 싶었어요…….”

　LIME 화면에는 『도착했어』나 『금방 갈게요!』 등 마히토와 대화를 나눈 기록이 있었다.

　──왜 이렇게 귀여운 거야…….

　너무나도 사소한 소망에 마히토는 저도 모르게 이마를 짚고 몸을 뒤로 젖혔다.

　그리고 유우리는 머뭇머뭇 마히토의 얼굴을 올려다보

았다.

"그, 어떤가요? 어, 어울리나요?"

"아, 으, 응. 잘 어울려. 귀여워."

"……읔, 그, 그런가요? 다행이다."

은색 머리카락에 손가락을 얽으며 유우리는 안도한 듯 웃었다.

그런 두 사람의 뒤를 지나가는 커플이 무언가를 중얼거렸다.

『저기, 이제 막 사귀기 시작했나 봐. 어색해서 웃긴다.』

『하지 마. 첫 데이트겠지. 귀엽잖아.』

""……!""

마히토와 유우리는 황급히 거리를 두었다.

확실히 상황만으로는 데이트로 보일지도 모르지만 상대는 의붓동생이다.

그렇다, 상대는 의붓동생이다.

그렇지만 제삼자의 눈에는 데이트로 보였다.

마히토는 어찌할 바를 모르고 하늘을 올려다보았다.

──왜 이렇게 된 거지……?

그것은 며칠 전의 일이었다.

◇

"······어째 평범하게 알아냈네요. 오빠의 LIME."

연락처를 알아낸 유우리는 맥이 빠진 듯 혼잣말을 했다.

오빠의 LIME만 모르는 건 너무 부자연스럽다고 생각했지만, 본인은 평범하게 "그러고 보니 교환하지 않았던가?"라며 쉽게 알려주었다.

숨긴 것도 뭣도 아니었던 모양이다.

──지레짐작이었구나. 창피해······.

창피한 걸로 치자면 오빠에게 벽치기를 한 일이야말로 그럴 것이다. 다시 한번 수치심이 솟구쳐 유우리는 침대 위에서 발버둥 쳤다.

하지만 목적 자체는 이루었다.

유우리는 야마나시에게 받은 자신의 사진을 열어 보았다.

──냉정하게 생각하면 첫 LIME에 셀카를 보내는 건 이상하죠?

야마나시의 취향인 이 '멋 부린' 모습을 보여주고 싶다는 것이 오빠의 LIME을 알고 싶었던 애초의 이유였다.

하지만 갑자기 이런 사진을 받으면 기겁하지 않을까? 그보다 이런 모습을 오빠가 본다면 부끄럽다. 그때는 야마나시에게 칭찬받아 들떴다며 뒤늦게 자각했다.

"하지만 기껏 LIME을 알려줬으니······."

무슨 이야기라도 하고 싶지만 무슨 말을 하면 좋을까?

새삼 어려운 문제였다.

학기가 시작되고 생각한 것을 뭐든 솔직하게 전하고자 노력해 봤지만, 결국 오빠를 곤란하게 만들기만 한 것 같았다.

하고 싶고 묻고 싶은 말은 산더미였다. 이전에는 무슨 이야기를 했는지, 학교에서는 어떤지, 그리고 교우 관계라든지…….

"교우 관계…….'

그렇게 생각한 유우리는 얼마 전의 방과 후를 떠올렸다.

야마나시네 집에 들러 꽤 늦어진 귀갓길에 오빠를 발견한 것이다.

오빠는 여학생과 함께 돌아가고 있었다.

그야 오빠도 반에 친구가 있을 테고, 그것이 여자일 경우도 있을 것이다.

하지만 공연히 '빼앗겼다'는 기분이 솟구쳐서 참을 수가 없었다.

지금 생각하면 그 밤에 벽치기를 한 가장 큰 이유는 아마 이것일 것이다.

……슬프게도 유우리는 그 오빠의 옆에 또 한 명의 남자까지 셋이 있었다는 걸 인식하지 못했다.

여하튼 초조함과도 같은 감정에 휩싸인 것을 자각했다.

"……아니, 아니, 무슨 생각을 하는 거죠?"

자신과 오빠는 남매다. 오빠와 친해지고 싶은 건 평범한 일이지만, 이런 독점욕 같은 것은 다를 것이다.

한바탕 침대에서 발버둥 친 뒤 유우리는 스마트폰에 시선을 되돌렸다.

이것은 오빠와 나눈 첫 LIME이다. 경솔한 내용은 적을 수 없다.

오빠의 계정을 바라보다 문득 생각했다.

"……이거, 무슨 게임 캐릭터일까요?"

오빠의 아이콘은 바가지 머리의 땅딸막한 기사 같은 캐릭터였다. 그는 게임을 좋아한다고 했고, 사진도 CG이니 게임과 관련된 것이리라고 생각했다.

──그래요. 이걸 물어보는 건 이상하지 않을 거예요!

이야깃거리로는 안성맞춤이 아닌가.

그렇게 생각하고 메시지를 치려던 때였다.

"유우리, 밥 먹어."

"네~에."

오빠가 부르는 목소리에 유우리는 스마트폰을 끄고 대답했다.

1층으로 내려가자 주방에는 엄마가 아니라 오빠가 서 있었다.

"오늘 밥은 오빠가 차렸나요?"

"응. 오늘은 둘 다 늦으신대."

오빠의 앞치마 차림과 먹음직스러운 냄새에 자연스레 얼굴에 미소가 감돌았다.

"에헤헤, 저는 오빠가 해 준 밥이 정말 좋아요."

"그렇게 말해 주니 기쁘네."

오늘 저녁은 돼지고기 생강구이였다. 간장과 생강의 향에 공복이 자극되어 벌써 침을 꿀꺽 삼켰다.

그런 유우리의 모습에 쓴웃음 지으며 오빠가 말했다.

"밥 좀 퍼 줄래?"

"네."

찬장에서 자신과 오빠의 밥그릇을 꺼내 2인분의 밥을 펐다. 돼지고기 생강구이는 이미 가득 담겼고, 오빠는 된장국을 퍼 주었다.

그것을 유우리가 테이블로 옮기는 사이에 오빠는 프라이팬 등을 닦았고, 부모님 몫은 유우리가 랩을 씌웠다.

아직 요리는 할 수 없지만, 이렇게 집안일을 도울 수 있게 된 것만으로도 유우리에게는 큰 변화였다.

──오빠와 주방에 설 수 있게 된다면…….

지금도 아직 남매라는 것을 잘 이해하지 못하는 것 같지만, 그렇게 함께 요리할 수 있는 관계는 멋지다고 생각했다.

——어쩐지 부부 같아서…….

저도 모르게 그런 망상을 한 유우리는 얼굴이 빨개지는 것을 자각했다.

"유우리? 괜찮아?"

"에엣? 아, 아아아아아아무것도 아니에요."

"그, 그래?"

오빠가 또 수상쩍은 표정을 지었다.

마음을 다스리고 식탁 앞에 앉은 두 사람은 손을 모았다.

""잘 먹겠습니다.""

밀가루로 바삭하게 튀긴 고기를 입에 넣자 고기에 가둬진 육즙이 쏟아졌고, 상큼한 생강 향과 함께 경쾌한 소리를 냈다.

그 옆에 곁들인 양배추 채는 어떨까? 소스를 뿌려 고운 광택이 나는 그것을 깨물자 청량감과 함께 입속의 육즙이 씻겨 나갔다. 이제 또 고기를 먹으면 처음 먹는 듯한 감동을 다시 느낄 수 있을 것이다.

나아가 왼쪽으로 시선을 보내자 은은하게 부드러운 향기가 감도는 된장국이 놓여 있었다. 고기와 양배추의 춤으로 지친 혀에 이 부드러운 된장국이 흰쌀밥과 함께 편안함을 선사했다.

안심이 되었다.

완벽한 집밥의 맛에 유우리는 참지 못하고 얼굴이 느슨

해졌다.

"으~음, 역시 맛있어요!"

"유우리가 좋아해 주니 나도 좋네."

"그런데 오빠 LIME 아이콘은 무슨 캐릭터인가요?"

"아아, 그거? 응. 구타소울이라는 게임 캐릭터야."

"흐음~ 다음에 보고 싶네요."

"상관없지만, 직접 해 보는 것도 재미있어. 그것도 어려운 게임이라 억지로 권하지는 않겠지만, 보는 거랑 하는건 몰입감도 다르거든."

"그럼 한 번쯤은 해 볼까요……?"

"모르는 부분이 있으면 알려줄게."

그 말에 유우리는 의자에서 펄쩍 뛰어오를 뻔했다.

솔직히 오빠가 하는 게임은 어려워 보여서 할 수 있을 것 같지 않았지만, 옆에서 가르쳐 준다는 건 정말 좋았다.

그렇게 따뜻한 식사를 하고 기분 좋게 이야기를 나눈 유우리는 갑자기 얼굴을 덮었다.

──묻고 싶은 걸 다 물었어!

뭐, 학교에서는 그렇다 쳐도 집에서는 내내 함께 있다. 같이 하교할 때는 그날 있었던 일도 그 자리에서 얘기한다. 즉, LIME 연락처를 안다고 해도 별로 쓸 일이 없는 것이다.

식사 때 얼굴을 마주하는 횟수가 적은 부모님과의 대화에서도 학교의 연락 사항 정도밖에 말하지 않았을 정도다. 따라서 LIME 연락처를 모르더라도 전혀 불편하지 않았을 것이다.

새삼 물어볼 필요도 없었다는 뜻이다.

——아니요, 그거랑 모르는 건 별개예요!

오빠의 LIME을 알고 싶은 건 이상한 게 아니다. 오빠도 그렇게 생각했으니 바로 알려준 것이고.

하지만 기껏 알려줬는데 쓸 기회가 없는 건 너무 아까웠다.

——뭔가 쓸 만한 기회가 없을까……?

약속을 잡는다고 해도 남매다. 같은 곳에 간다면 같이 집을 나설 테고, 길을 잃었을 때라면 필요하겠지만 길을 잃어서 오빠에게 민폐를 끼치는 게 더 문제다. 일부러 길을 잃는 건 너무 과하다.

머리를 감싸다가 하지만, 하고 생각했다.

——하지만 약속을 잡을 때라면 쓰지 않을까요?

하굣길의 쇼핑 등이라면 같은 반인 야마나시와도 LIME 으로 대화한다. 자연스레 쓸 수 있을 터였다.

이미 수단과 목적을 잃은 것 같기는 하지만, 유우리는 진지하게 생각했다.

자기 생각을 확인하고 유우리는 오빠에게 입을 열었다.

──츳키가 쇼핑을 가는 것만으로도 데이트라고 하니 좀 무섭지만.

직전에 그런 생각이 난 것이 패착인 것도 모른 채…….

"오빠, 이번 주 일요일에 데이트하러 갈래요?"

"푸흡──!"

성대하게 실수한 한마디에 오빠도 성대하게 된장국을 뿜었다.

"콜록, 콜록콜록, 무, 무슨 소리야?"

뒤늦게 유우리도 자신이 무슨 말을 했는지 깨달아 눈앞이 어지러웠다.

"아, 아아아아아아아아아닌…… 건 아니지만, 그게, 좀, 쇼핑하러 가고 싶어서!"

부근에서 테이블을 닦으며 오빠는 납득한 듯 고개를 끄덕였다.

"아, 아아, 쇼핑 말이지……? 여자애는 쇼핑도 데이트라고 해?"

"저기, 뭐, 그렇기도 할 걸요?"

그런 말을 하는 건 야마나시 정도지만, 유우리는 모든

여자의 상식인 양 대답했다.

오빠는 당황한 듯 중얼거렸다.

"……하아, 그런 거구나. 모르는 여자가 말했으면 분명 착각했을 거야. 유우리도 다른 남자한테 그런 말을 하면 안 된다?"

"앗, 오빠, 데이트 신청받은 적이 있나요?"

한 수 배웠다는 듯 진지하게 고개를 끄덕이는 오빠에게 유우리는 아연실색했다.

학교에서는 어떤지 모르지만, 오빠는 여자에게 인기 있는 얼굴이다. 키가 커서 지켜 줄 것 같은 미남도 좋을지 모르지만, 동안이라 지켜 주고 싶은 남자도 수요는 있다.

구애를 받는대도 이상하지 않다.

어제도 모르는 여자와 함께 하교하지 않았는가.

조마조마한 유우리에게 오빠는 의기소침했다.

"아니, 그건 없지만……."

"휴……."

유우리는 가슴을 쓸어내렸다.

──어라? 난 오빠에게 여자 친구가 생기는 게 싫은 건가……?

오빠의 옆에 친밀한 여자가 있는 모습을 상상하자 공연히 답답한 기분이 들었다.

──그렇게 부담스러운 동생은 되고 싶지 않은데…….

뭐, 분명 가족은 그런 것이겠지. 그런 것이 틀림없다. 생각하고 싶지도 않지만, 부모님이 이혼이나 재혼하면 답답한 데서 그치지 않겠지.

오빠가 고개를 갸웃거렸다.

"그래서, 무슨 쇼핑을 하게? 무거운 거라도 살 거야?"

"아, 그게……."

아무 생각도 없던 유우리는 우물거렸다.

"그, 그건 가서 확인하세요."

"뭐어……?"

묘하게 재는 듯이 말했지만, 오빠는 쓴웃음을 지으면서도 받아들여 주었다.

이리하여 갑자기 남매 데이트…… 아니, 쇼핑을 하러 가게 되었다.

◇

"──그래서, 어디로 갈 거야?"

일요일. 역 앞에서 마히토는 유우리에게 그렇게 물었다.

아까는 행인이 데이트하는 커플인 것처럼 말해서 당황했지만, 지금은 평정심을 되찾았다.

──LIME 연락처를 물었을 때는 입에서 심장이 튀어나오는 줄 알았지만…….

동생이 처음으로 스마트폰을 가졌을 때, 마히토도 연락처 정도는 교환하려고 했다.

하지만 당시 이미 어색한 관계가 되기 시작해 동생이 그것을 알려주는 일은 없었다. 그렇다고 해서 자기가 먼저 물을 용기도 없어서 결국 지금까지 모르고 있었다.

동생에게 밀려 쓰러진 특수한 상황이 아니었다면 분명 부자연스러운 반응을 했을 것이다.

──하지만 이런 걸로 대화할 수 있게 된 건 조금 기뻐.

LIME 화면을 열어 보자 아까 약속을 잡는 대화 말고도 계속 메시지가 이어졌다.

지난 일주일 동안 자기 전이나 학교 쉬는 시간 등에 동생은 틈틈이 메시지를 보냈다.

내용은 이모티콘이 더 많을 정도로 시답지 않은 것이다.

자기 전에 배가 고프다거나, 수업 중이라면 졸리다거나, 처음으로 츳키라는 친구 이외의 사람에게 먼저 말을 걸었다거나 ──거기서 좌절하는 점에는 제 일 같은 불안도 느꼈지만── 두서없는 내용뿐이었다.

그것에 답하기란 싫지 않았고, 결국 사용하게 되었다.

뭐, 동생에게는 '이제 막 만난 오빠'이다.

이렇게 대화하고 싶은 것도 무리는 아닐 것이다. 오히려 그런 식으로 생각해 주는 것이 솔직히 기뻤다.

그러니 기껏 의지해 준 동생에게 오늘 정도는 듬직한 오빠의 모습을 보여주고 싶은 것이 마히토의 심정이었다.

다만…….

──일주일 동안 히메미야가 내내 다정했어.

노트를 빌려준 뒤로 공부 말고도 대화할 기회가 늘어났다. 어느샌가 아즈마기도 포함해 셋이 하교하는 것이 루틴이 되었을 정도다.

자기 얘기는 별로 하지 않지만, 마히토에게 고민이 없는지 신경 써 준다. 특히 집에서 어떤지 자주 물어서 그때마다 아즈마기가 불안한 표정을 지으며 귀를 쫑긋 세웠다.

히메미야는 다른 반 친구에게도 똑같이 대하는 줄 알았는데 그런 것도 아닌 모양이다.

오히려 말하는 걸 좋아하지 않는 타입인지 반 친구가 말을 걸면 주뼛거렸다. 그런데 왜 반장이 되었을까? ……아마 잘할 것 같다는 말에 거절하지 못했겠지.

어쨌든 마히토에게만 태도가 다르다는 게 자만은 아닐 것이다.

하지만 정말로 신경 쓰이는 점은 그것이 아니었다.

──뭐랄까, 이상하게 궁지에 몰린 것처럼도 보인단 말이지…….

초조해 보인다고나 할까?

무슨 시간이라도 다가오는 듯한…… 아니, 죄책감이라도 견딜 수 없다는 듯한, 제대로 표현할 수는 없지만 그런 것을 통틀어 '궁지에 몰린' 것처럼 보였다.

솔직히 유우리와는 다른 의미로 보고 있으면 걱정이 되었다.

──아니, 지금은 유우리가 먼저였지.

히메미야는 신경 쓰이지만, 지금은 유우리와 쇼핑하러 왔다.

친구를 머릿속 한구석에 몰아넣고 마히토는 동생의 대답을 기다렸다. 결국, 쇼핑의 목적은 못 들었다.

"음, 글쎄요…….."

목적지는 가까울까? 유우리는 인파 너머를 엿보며 까치발을 하고 눈썹 앞에 손을 드리웠다.

……뭐, 남매가 둘 다 키는 작다. 까치발을 해도 큰 의미는 없겠지만.

그런데도 목적지인 가게를 발견했는지 목소리를 높였다.

"있다! 저기로 가도 될까요?"

유우리가 가리킨 곳은 역 앞의 쇼핑몰이었다.

마히토는 쓴웃음을 지었다.

"쇼핑하러 가고 싶다고 한 건 너니까 네가 가고 싶은 데로 가면 돼."

"아, 감사합니다. 그러면 저기로 가요."

역의 개찰구에서 쇼핑몰은 육교로 연결되어 있어 곧장 2층으로 들어갈 수 있었다.

입구에는 유행하는 고급 양과자 가게가 있었고, 그곳에 빨려들 것만 같은 동생의 등을 쇼핑몰 안으로 밀었다. 그것은 사회인이 선물 등으로 들고 가는 것이었다. 고등학생이 감당할 수 있는 게 아니었다.

쇼핑몰 안으로 들어가자 여성복 등의 가게가 즐비했다. 중앙 부분은 개방형 천장이었고, 1층에 화장품 가게나 아이스크림 가게 등이 보였다.

유우리는 그런 1층으로 이어진 에스컬레이터로 발걸음을 향했다.

그렇군, 하고 마히토는 납득했다.

——유우리도 고1 소녀이니 화장에도 관심이 생겼구나.

갸루 친구도 화장했으니 동생이 그런 것에 관심을 품는 건 자연스러운 일일 것이다.

다만, 첫 화장품은 혼자 고르기 힘들 것이다. 그렇다고 해서 친구에게 기대는 건 부끄러웠을지도 모른다. 그렇다면 한가해 보이는 오빠를 의지하는 선택지도 고를 만했으리라.

실제로 마히토가 도움이 될지는 별개로 하더라도.

마히토가 홀로 납득하고 있는데 유우리가 돌아보았다.

"아, 3층이에요, 오빠."

동생은 화장품 가게에는 눈길도 주지 않고 에스컬레이터를 타고 올라갔다. 괜히 아는 척하던 마히토는 남몰래

풀이 죽었다.

여하튼 여기는 여성복과 자연 소재가 포인트인 잡화점 등이 즐비한 모양이었다.

유우리가 가리킨 곳은 그런 잡화점 중 하나였다. 여성을 타깃으로 한 분위기이기는 했지만, 마히토가 들어가도 괜찮을 것 같았다.

"흐음, 이런 가게는 가 본 적이 없어. 뭘 찾으러 온 거야?"

그렇게 묻자 유우리는 가게 안을 엿보며 중얼거렸다.

"저도 가 본 적 없어요……."

"너도 없어?"

저도 모르게 아연한 목소리를 내자 동생은 뺨을 붉히며 말했다.

"그, 그래서, 가 본 적이 없으니까 오빠랑 같이 오고 싶었던 거예요."

"그렇구나."

이해한 듯 고개를 끄덕이면서도 마히토는 뺨에 땀 한 줄기가 흘렀다.

——여긴 뭘 파는 가게지……?

가게 안에는 사용법을 알 수 없는 작은 병이나 식기, 그 외에 액세서리나 가방들도 있었다. 구석에는 인테리어 같은 물건까지 놓여 있는 모양이었다.

통일성이 없다고 할까? 분위기가 괜찮은 것들을 이것저

것 모은 듯한 가게였다.

마히토와는 너무 동떨어진 곳이라 뭐가 뭔지 알 수 없었다.

그리고 가격이 말도 안 되게 비쌌다.

왜 이렇게 손바닥만 병이 하나에 3,000엔이나 하는 거지? 벽에 걸린 옷은 0이 네 개나 붙어 있었다.

그런가 하면 비싸 보이는 금색 액세서리도 병과 같은 가격에 팔고 있었다.

가격의 기준도 알 수 없고, 그게 좋은 물건인지 아닌지도 알 수 없었다. 여자는 여기에 즐비한 물건이 이해되나?

어색함에 압도된 마히토는 문득 깨달았다.

——아니, 오늘이야말로 듬직한 모습을 보여줄 거잖아?

마히토는 자신의 얼굴을 때리며 마음을 다잡았다.

그런 오빠에게 유우리가 밝은 목소리로 말했다.

"아, 이거."

유우리가 손에 든 것은 의외로 앞치마였다. 옷 사이에 섞여 그런 것까지 놓여 있었던 모양이다. 왜 거기에 같이 있는지는 모르겠지만.

동생은 그것을 자기 가슴에 대고 물어보았다.

"오빠, 이거 어때요?"

"앞치마? 뭐, 괜찮은 것 같긴 한데 웬 앞치마?"

고개를 갸웃거리자 동생은 살며시 뺨을 붉게 물들이며

말했다.

"그, 그야, 오빠는 요리를 잘하잖아요?"

"그 정도는 아닌데."

"그 정도예요!"

양손을 붕붕 저으며 역설하더니 이번에는 은색 머리카락을 배배 꼬며 조심스레 중얼거렸다.

"그, 엄마 밥이 맛없는 건 아니지만, 일주일에 한 번은 오빠 밥을 먹지 않으면 손이 떨린다고나 할까요……."

"남의 요리를 마약처럼 말하지 말아 줄래?"

악물 같은 의존성은 없겠지만, 아무튼 동생은 마음에 든 모양이었다.

"그래서 그, 맛있는 건 좋지만, 그렇다고 의존하는 건 여자애로서 여러모로 복잡하다고 할까요……."

"그래서 일단 앞치마?"

"……네."

마히토는 무심결에 웃었다.

"그리고 보니 유우리는 예전부터 장비 먼저 갖추는 타입이었지."

"그, 그건……."

짐작 가는 바가 없지는 않을 것이다. 동생은 우물거렸다.

하지만 요리를 배우려는 건 반가운 사실이었다. 마히토도 진지하게 앞치마를 보았다.

"유우리는 어떤 게 좋아?"

"그게, 앞치마는 중학교 가정 시간에 만들어 본 정도라서 뭐가 좋은지 잘 몰라요……."

알면 마히토에게 의지하지 않겠지.

마히토는 고개를 갸웃거리며 말했다.

"나도 중학교 때 쓰던 걸 지금도 쓰고 있어. 솔직히 옷만 더러워지지 않으면 뭐든 상관없다고 생각하는데……."

그렇게 말하며 행거에 걸린 앞치마를 뒤져 보았다.

"일단은 색부터 고르는 게 어때?"

"그래, 요……. 무슨 색으로 할까요?"

"너는 하얀색이나 파란색이 어울리는 것 같은데?"

"하얀색이요?"

은색 머리카락에 하얀색이나 파란색은 잘 어우러진다. 얼룩이 눈에 띈다는 단점은 있지만, 금방 세탁하면 그만이다.

유우리도 앞치마를 손에 들고 생각에 잠겼다.

"저기, 그럼 이건 어떨까요?"

그렇게 말하며 자기 몸에 대 본 것은 하얀 앞치마였다.

원단은 리넨일까? 도톰한데 통기성이 좋아 보였다. 가슴에는 커다란 주머니가 달려 있어 사용하기도 편리할 것 같았다.

——실용적이고 좋네.

그것을 확인하고 마히토는 고개를 끄덕였다.

"괜찮은데? 잘 어울려."

솔직하게 대답하자 유우리는 활짝 웃었다.

"그럼 이걸로 할게요!"

"그렇게 바로 결정해도 돼?"

저도 모르게 외치자 유우리의 눈이 동그래졌다.

"네? 아, 안 되나요? 잘 어울린다고 했으니까……."

"아니, 뭐, 잘 어울려. 다만 몇 개 더 볼까 해서……."

유우리는 고개를 가로저었다.

"하지만 너무 시간을 오래 끄는 것도 죄송해서요……."

"신경 쓰지 않아도 돼. 오늘은 너랑 시간을 보내기로 했
으니까."

"시, 시간을……. 정말인가요……?"

싫지만은 않은지 유우리는 은색 머리카락을 손가락으로
배배 꼬았다.

"하지만 이게 마음에 든 건 사실이니 사도 될까요?"

"물론이지."

그렇게 대답하고 계산대로 향하자 마히토는 계산하려는
유우리를 저지하고 자기 지갑을 꺼냈다.

"오빠?"

"기껏 네게 의욕이 생겼잖아. 그 정도는 내가 낼게."

"하지만……."

"괜찮다니까."

다행히 앞치마는 걱정했던 것만큼 비싸지는 않았다. 마히토의 용돈으로도 충분히 살 수 있는 범위였다.

──대화가 없어진 이후로 변변한 생일 선물도 못 해 줬으니까.

기억을 잃은 뒤에 그것을 벌충하는 건 비겁할지도 모르지만, 지금 그러지 않아도 될 이유는 없다고 생각했다.

계산을 마치고 앞치마가 든 쇼핑백을 건넸다.

하지만 유우리는 어쩐지 미안한 듯 말했다.

"저기, 엄마한테 앞치마 값을 받았는데요……."

쓸데없이 폼을 잡으려던 마히토는 저도 모르게 무릎을 꿇었다.

──그건 그렇겠지!

문구나 식재료 쇼핑 등, 생활필수품을 마련할 때는 늘 엄마가 돈을 낸다. 앞치마도 그 범위에 포함된대도 이상하지 않았다.

──참 쉽지 않네…….

기댈 수 있는 오빠의 등은 너무나도 멀었다.

마히토는 어깨를 축 늘어뜨렸지만 유우리는 기쁜 듯 앞치마를 안았다.

"이 앞치마, 소중히 쓸게요. 오빠가 준 선물이니까요."

"그, 그래? 마음에 들었으면 됐어."

너무나도 밝은 미소에 저도 모르게 가슴이 뛰며 마히토는 웃어 보였다.

──응. 유우리가 기뻐해 준다면 그게 제일이지.

중요한 건 마히토가 허세를 부리는 게 아니다.

오빠의 긍지나 듬직한 모습은 다음에 이루면 된다. 뭐, 그런 것이 존재하는지는 자신이 없어졌지만…….

그 뒤 곤란한 듯 자기 지갑에 시선을 떨어뜨렸다.

"엄마한테 받은 앞치마 값은 어떻게 하죠? 오빠한테 주면 될까요?"

"그러면 선물이 아니잖아……."

아니, 딱히 상관은 없지만, 아무래도 폼이 나지 않는달까.

엄마한테 주면 되겠지만, 그건 그것대로 어쩐지 아깝기도 했다.

생각에 잠겼는데 유우리가 손뼉을 짝 쳤다.

"그럼 이걸로 오빠 앞치마를 사는 건 어때요?"

"응? 내 거?"

이미 자기 앞치마는 있는데 유우리는 의기양양하게 고개를 끄덕였다.

"오빠도 중학교 때 쓰던 걸 지금도 쓰고 있잖아요? 그럼 이 기회에 제대로 된 걸 사면 좋을 거예요."

"뭐, 그런가……."

여하튼 가정 시간에 만든 것이다. 재봉틀도 처음 써 봐서 여기저기 이음매가 터지기 시작했다.

아직 쓸 만은 하지만 정말로 못 쓰게 되기 전에 새로운 걸 마련하는 것도 나쁘지 않은 생각이었다.

"그래. 그럼 그렇게 할까?"

마히토가 그렇게 고개를 끄덕이자 유우리는 폴짝 뛰며 손뼉을 쳤다.

"그럼 세트로 입을 수 있겠네요!"

"응?"

"네?"

설마 세트로 살 줄은 몰랐던 마히토는 저도 모르게 얼빠진 목소리를 냈다.

유우리가 양쪽 검지를 얽으며 불안한 듯 올려다보았다.

"아, 안 될까요?"

"아, 아니. 그런 게 아니야."

그렇게 대답하며 생각했다.

──남매가 커플 앞치마라니 괜찮을까? 아니, 그냥 평범한가……?

어렸을 때는 그런 옷도 입은 적이 있었다.

둘 다 고등학생이 된 지금, 그래도 되나 싶은 의문은 있지만 유우리에게는 '처음 만난 의붓오빠'다. 하나 정도는 커플템을 갖고 싶다고 생각하는 것도 이해는 된다.

분명 마히토가 과하게 의식하는 것이리라.

일순 주저했지만, 마히토는 고개를 끄덕였다.

"그럼 하나 고를까?"

"에헤헤. 무슨 색이 좋은가요?"

선반에는 의외로 많은 색이 있었다.

"검은색이 좋으려나? 얼룩이 잘 안 보이니까."

앞치마는 잘 더러워진다. 검은색은 그런 얼룩이 눈에 띄지 않아서 사용하기 편하다.

그렇게 말하자 유우리는 납득한 듯 말했다.

"검은색은 어른스러워서 오빠한테 잘 어울릴 거예요."

"또, 또 그런 소릴 한다니까……."

빈말이라도 연상으로 대해 주니 솔직히 기뻤다.

자신이 이상한 표정을 짓고 있지 않은지 불안해하자 유우리는 마히토가 고른 앞치마를 집었다.

"그럼 계산하고 올게요."

그리하여 계산대로 가자 점원 누나가 아무 흐뭇하게 말했다.

"둘이 커플룩인가요? 부럽네요."

유우리는 웃으며 점점 얼굴이 빨개졌다.

──앗, 눈치 못 챈 것뿐인가?

계산이 끝나자 유우리는 삐거덕거리는 양철 인형처럼 어색한 동작으로 돌아보았다.

그리고 새빨개진 채 쇼핑백을 내밀었다.

"죄, 죄송해요, 오빠. 거기까지는 생각 못 했어요."

"아니야, 딱히 사과할 일도 아니잖아? 남매이니 커플템이라도 딱히 이상할 건 없어."

"그, 그렇죠? 남매인걸요⋯⋯."

안도한 듯, 혹은 낙담한 듯 동생은 그렇게 중얼거렸다.

그런 반응에 마히토도 당황했다.

──왜일까? 풀이 죽었네.

오늘은 기껏 유우리가 용기를 내서 쇼핑하자고 해 주었다. 즐거운 마음으로 돌아가게 해 주고 싶었다.

여기서 뭘 하면 동생이 기뻐할까?

머리를 쥐어 짜내는데 그 층에 있는 다른 가게가 눈에 들어왔다.

──이거다!

빨개진 얼굴로 고개를 숙인 유우리에게 마히토는 말을 걸었다.

"좀 피곤하니 근처에서 쉬지 않을래? 맛있어 보이는 가게도 많은 것 같은데."

동생도 소녀다. 소녀 하면 단 음식이다.

그렇게 제안하자 유우리는 알기 쉽게 눈을 빛냈다.

"갈게요!"

마음에 든 모양인지 동생도 폴짝 뛰며 동의했다.

"한번 가 보고 싶은 가게가 있었거든요. 조금 비쌀지도 모르지만, 반씩 내면 갈 수 있을 것 같은데, 괜찮을까요?"

"물론이지."

마히토가 그렇게 대답하자 유우리는 웃으며 손을 내밀었다.

——어렸을 때는 자주 이렇게 손을 잡고 여기저기 뛰어다녔었지…….

그렇게 손을 잡지 않게 된 건 언제부터였을까?

지금부터라도, 설령 지금의 유우리에게 그러는 게 비겁한 짓일지라도 다시 시작할 수 있다면…….

"응. 그럼 거기로 갈까!"

똑같은 쇼핑백을 들고 그 손을 맞잡고자 손을 뻗었다.

몇 년 만에 만진 동생의 손은 그 무렵과는 달리 가녀렸지만 부드럽고 따뜻한 점은 변함없었…….

"……응?"

가슴에 밀려든 그리움은 다음 순간 폭풍처럼 흩어졌다.

유우리는 마히토가 내민 손에 손가락을 얽었다.

그 자체는 이상할 게 없지만, 다섯 손가락에 각각의 손가락을 얽듯 잡은 것이다.

그것은 이른바 '손깍지'라는 것이었다.

──그건 이상하지 않아?

이것은 뭐랄까, 좀 아니지 않나?

경직된 마히토와는 정반대로 유우리는 신경 쓰지 않고 말을 이었다.

"좀 화려한 팬케이크 가게인데, 혼자 들어가기에는 크기도 가격도 좀 부담스러웠거든요. 친구인 츳키도 용돈이 부족하다며 가 주지 않아서요."

"그, 그렇구나."

맞장구를 치면서도 그럴 때가 아니었다.

──이 손은 평범한 건가?

주위를 두리번두리번 둘러보았다. 가족 단위도 있고 커플도 있지만, 아이를 동반한 가족은 평범하게 손을 잡았다.

아니, 자세히 보니 커플조차 이렇게 잡은 쪽은 소수파로 보였다.

상당히 레벨이 높은 행동을 하는 것 같았지만, 상대는 동생이다. 잘 생각해 보면 함께 외출한 남매 자체를 거의 찾아볼 수 없었다.

──아니, 하지만 여자끼리라면 평범할지도 모른다.

유우리의 이야기로는, 친구끼리 쇼핑할 때도 '데이트'라고 하는 모양이니 이것도 그런 감각일지도 모른다.

근처를 지나는 여고생 둘을 힐끔 보자 애초에 손조차 잡지 않았다.

──역시 이건 좀 이상하지?

곤혹스러움을 참지 못하고 유우리를 쳐다보자 동생의 귀는 새빨개져 있었다.

──너도 부끄러운 거냐!

그렇다면 이건 어떤 실수로 인한 일이었다는 뜻일까?

마침 다섯 손가락 사이에 깔끔하게 손가락이 들어가는 우연도 상상하기 어렵지 않지만, 예기치 못한 일이 일어나는 것이 인생이다.

적어도 날 때부터 함께였던 동생이 실은 친동생이 아니고, 게다가 오빠만 잊어버리는 일은 일어났다. 그건 긍정하도록 하자.

──그나저나 손이 가늘다…….

가녀리다는 건 알고 있었지만, 이렇게 만지니 훨씬 더 두드러졌다.

유우리의 귀는 여전히 새빨개서 그녀도 부끄럽구나 생각하니 괜히 더 의식이 됐다.

제 얼굴이 빨개지는 것을 알아챘다.

——휘, 휩쓸리면 안 돼!

마히토와 유우리는 남매다.

피가 섞이지 않았어도, 기억을 잊었어도, 그 사실은 변함없다.

그러니 이렇게 손을 잡는 것도 바람직하지 않다.

다만, 하고 거기서 정신이 들었다.

——이걸 지적해도 될까⋯⋯?

상대도 부끄러워한다는 건 잘못되었다는 걸 알아챘다는 뜻이니까.

그렇다면 이 자리에서 그걸 지적하는 건 신사가 할 짓이 아니다. 어디서 들었는지는 잊어버렸지만, 최고의 매너 위반은 다른 사람 앞에서 그걸 지적하는 일이라고 한다.

마히토는 좀 더 유우리와 대화를 나누어야 했지만, 이건 입 밖에 낼 일이 아니라고 생각했다.

그렇다면 어떻게 해야 할까?

"그런 가게는 나도 가 본 적이 없어서 기대된다!"

마히토는 모르는 척하기로 했다.

아니, 달리 어쩔 도리도 없었다.

——쿨해져라. 동요하니 쓸데없이 의식하는 거야.

그렇게 자신에게 되뇌며 되도록 평정을 가장했다.

잡은 손에 땀이 밸 것 같아서 여간 신경이 쓰이는 게 아니었지만, 동생도 혼란스러워 보이는 건 불행 중 다행이었다.

◇

――으아아아아아아아아아아아악, 또 사고 쳤어~~~~~!

한편, 유우리도 마음속으로 절규하고 있었다.

앞치마를 고를 때도 오빠는 다정했다. 게다가 앞치마를 선물해 주기까지 해서 유우리는 감사를 전하고 싶었다.

그래서 용기 내 먼저 손을 잡으려 했다……. 그럴 터였는데.

――왜 연인처럼 깍지를 낀 거죠? 왜 연인처럼 깍지를 낀 거냐고요?

노리지 않으면 이렇게 잡을 일이 없겠지만, 정신을 차리고 보니 이렇게 되어 있었다.

손에 땀이 배어 불쾌하지는 않을까 불안해졌다.

이유는 모르겠지만, 먼저 손을 잡자고 해 놓고 손을 떼는 건 실례일 것이다. 아무리 오빠가 다정하더라도 기분 좋을 리가 없다.

――하지만 이대로 걷는 건 '좋은 것'일까?

남몰래 주위 사람을 보았지만 이렇게 손을 잡은 건 커플뿐이었다. 그것도 꽤 알콩달콩한 커플뿐이었다.

――오빠랑, 커플……?

어쩐지 나쁜 짓을 한 것 같은 기분이라 가슴이 두근거렸지만, 자신과 오빠는 피가 섞이지 않았어도 남매다.

유우리에게는 만난 지 얼마 안 됐는데 다정하게 대해 주는 남자일지라도 오빠에게는 의붓동생이든 기억을 잃든 동생은 동생일 것이다.

망상은 충분히 가능——동생은 변태였다——하겠지만 실제로 그런 마음을 가져서는 안 된다는 정도는 알고 있었다.

힐긋 오빠의 안색을 살폈다.

"그런 가게는 나도 가 본 적이 없어서 기대된다."

……전혀 동요하는 기색은 없었다.

뭐, 조금 놀란 듯한 표정이기는 하지만 그뿐이었다. 아마 동생의 장난 혹은 신경 쓸 것까지도 없는 일로 인식하고 있을 것이다.

——어째 진 것 같아서 분해…….

이쪽은 이렇게 가슴이 벌렁거리는데.

——깍지를 끼고도 태연한 오빠를 어떻게 하면 설레게 할 수 있을까?

슬프게도 이 동생은 오빠의 동요를 눈곱만큼도 알아채지 못했다.

그건 그렇고, 오빠를 설레게 할 방법이라.

──아예 팔짱을 껴 볼까요?

아니, 그건 설레기 전에 기겁할 것 같았다. 인간에게는 정도를 지키는 것이 중요하다.

갑자기 깍지를 낀 시점에 늦은 것 같기는 하지만, 액셀을 더 밟아야 할지는 판단의 여지가 있었다.

──안기는…… 건 너무 문턱이 높고.

문턱 운운하기 이전에 머리 걱정을 할 것만 같았다. 그렇게 되면 당분간은 재기할 수 없다.

며칠 전에 벽치기를 한 데다 턱을 홱 들어 올린 사실이 있지만, 지금 상황과는 관계없기에 고려하지 않기로 했다.

그렇다면 어떻게 하면 좋을까?

"가게가 여기야?"

"아, 네."

고민하는 사이 목적지에 도착했다. 입구에는 팬케이크라기보다 팬타워 같은 견본이 장식되어 있었다.

그것을 보자 오빠도 움찔한 듯 말했다.

"그렇군, 이건 확실히 혼자 먹으려면 고전하겠어."

"마, 맞아요!"

뭐, 가게에는 함께 들어가 줄 모양이다. 오빠를 설레게 할 방법은 가게에 들어간 뒤 생각하도록 하자.

가게 안으로 들어가자 일요일이기도 해서 혼잡했다. 아이 동반 손님보다 여성 손님, 특히 커플 손님이 많아 보였다.

그런데도 빈자리는 있는 모양이라 이내 창가 자리로 안내받았다.

거기서 오빠는 곤란한 듯한 목소리를 냈다.

"저기, 유우리……?"

"네. 왜 그러세요?"

"저기, 손을 잡고 있으면 앉을 수 없는데……."

그 말에 자기 손으로 시선을 떨어뜨렸다.

유우리는 아직도 오빠의 손을 깍지 낀 채 꼭 잡고 있었다.

"흐아아앗?"

세기말 구세주 같은 괴성을 지르며 유우리는 펄쩍 뛰었다.

"쉿! 가게 안이야."

"아, 네……."

동요하는 유우리와는 대조적으로 오빠는 냉정했다.

황급히 손을 떼고 의자에 앉았다.

부끄러워서 오빠의 얼굴을 똑바로 바라볼 수 없었다.

오빠는 침착한 모습으로 창밖을 바라보았다. 그 동작이 조금 어색해 보이는 것은, 상대도 조금은 동요한다는 뜻일까?

시선을 알아챘는지 오빠는 돌아보며 웃었다.

"이, 이렇게 높으니 밖을 보는 게 조금 무섭네."

"그, 그러게요. 8층이니까요."

높은 곳이라 표정이 굳었던 모양이다.

——이 패배감은 뭐죠……?

역시 오빠를 설레게 만들고 싶었다.

그렇다. 이것은 승부다. 계속 지기만 할 수는 없다.

이미 목적은 완전히 길을 잃었지만, 유우리가 그것을 자각하는 일은 없었다.

◇

——왜 나는 동생을 상대로 이렇게 가슴이 뛰는 거지?

마히토는 얼굴을 덮고 웅크려 앉고 싶은 것을 필사적으로 참았다.

결국 동생은 자리에 앉을 때까지 깍지 낀 손을 떼려 하지 않았다. 지적하자 펄쩍 뛰어올랐으니 중간에 잊어버렸을지도 모르겠다.

——나만 동요해서 바보 같은데…….

깍지 낀 것도 놀랐지만, 동요한 건 그것 때문만은 아니었다.

이를테면 향기다.

손을 잡을 정도의 거리로 다가가자 은은하게 달콤하고 청량한 향기가 감돌았다.

향수라기보다 샴푸 같은 것일까? 동생은 전용 샴푸나 린스도 있는 모양이고 욕실에는 헤어 오일이나 화장품 등 마히토에게는 용도를 알 수 없는 병이 잔뜩 놓여 있었다.

그런 것의 향기일 테지만, 요컨대 소녀의 향기가 났다.

게다가 걷다 보니 손에 닿는 은색 머리카락.

부드럽고 윤기 나며 곧게 뻗은 머리카락. 분명 손질에도 공들일 것이다. 그런 머리카락 끝이 걸을 때마다 손등을 슥슥 쓰다듬었다.

덥석 만져 보고 싶은 충동에 휩싸여 평정심을 유지하기 힘들었다.

게다가 주위를 보자 죄다 커플이었다.

아무리 동생이라지만 이 상황에 아무것도 의식하지 말라는 것은 무리한 요구였다.

……아니, 예전의 동생이라면 그럴 일은 없었을 것이다. 기껏해야 조금 불편한 정도였을 터였다.

하지만 지금의 동생은 사이가 안 좋았던 것도 모르고 마구 치댔다.

마히토를 모르는 유우리.

피가 섞이지 않은 동생.

다른 사람처럼 변해버린, 동생이었던 소녀.

친동생은 아니지만 동생은 동생이다. 그런 것은 알고 있다. 머리로는 알고 있다.

그런데 심장은 그런 걸 개의치 않고 뛰었다.

──아마 나도 아직 정리가 되지 않은 걸 거야…….

객관적으로 그렇게 생각할 수 있더라도 마음의 정리가 바로 될 리 없었다.

그런고로 창문 너머의 풍경에 흥미가 있는 듯 시선을 돌릴 수밖에 없었다.

"오빠, 팬케이크는 이거면 될까요?"

"응. 나는 잘 모르니까 네가 먹고 싶은 걸로 시켜."

동요하는 사이에 유우리는 음료와 팬케이크를 주문했다.

역시 현역 여고생이라 이런 가게에서 주문도 척척 해냈다.

일단 메뉴를 보자 팬케이크와 음료 두 잔이 앞치마 값과 맞먹는 모양이었다. 그건 부담 없이 들어올 만한 가게가 아니겠네.

여기서 자연스럽게 계산하면 듬직한 오빠가 될 수 있을 것 같았지만, 이미 아까 앞치마 값을 내느라 가진 돈 대부분을 잃었다. 반씩 내자는 제안이 없었다면 가게에 들어오지도 못했을 것이다.

──나도 슬슬 알바라도 하는 게 좋으려나?

혼자서 묵묵히 게임을 할 때는 딱히 곤란할 일이 없었지만, 밖에 나와 가게에 들어가자면 용돈만으로는 너무 부족하다.

뭐, 앞으로 동생과 함께 외출할 일이 있을지는 모르겠지만, 그럴 때 '용돈이 없으니 그만두자'라고는 말하고 싶지 않다.

그런 생각을 하는데 유우리가 툭 내뱉었다.

"오빠, 아르바이트해 본 적 있나요?"

"응?"

마음을 읽은 듯한 한마디에 마히토는 저도 모르게 펄쩍 뛰어오를 뻔했다.

"어, 없는데, 왜?"

"아뇨, 저도 고등학생이 됐으니 아르바이트 정도는 경험하는 게 좋을까 싶어서요……."

유우리가 시선을 떨어뜨린 곳은 메뉴용 스탠드였다. 그곳에는 '아르바이트 모집 중'이라는 구인 광고가 붙어 있었다.

아무래도 유우리 역시 같은 생각을 하고 있던 모양이다.

마히토는 팔짱을 끼고 신음했다.

"그래. 1학년 때 친구는 해 본 적이 있다는 모양이지만, 재미있다는 녀석도 있는가 하면 꽤 힘들어하는 녀석도 있었어. 자기한테 맞는지 아닌지가 중요한 것 같더라."

1학년 때, 라고 덧붙여야 한다는 게 슬픈 일이지만.

편의점이나 패밀리레스토랑 같은 접객업도, 이사나 택배 같은 육체노동도 힘들지 않은 일은 없다.

"알바는 나도 찬성이지만, 어디서 일할지는 신중하게 고르는 게 좋을 거야."

그렇게 말하며 메뉴를 닫았다.

이제부터 식사를 즐길 건데 계속 돈 걱정을 할 이유는 없었다.

"뭐, 그때까지는 서로 용돈을 쓰면 되지 않을까?"

그렇게 말하자 유우리는 의외라는 듯 눈을 깜빡였다.

"다음에도 같이 와 줄 건가요?"

"뭐, 뭐어, 네가 싫지 않다면……."

저도 모르게 또 같이 외출할 것을 전제로 이야기하고 말았다.

하지만 그런 대답에 유우리는 환히 웃었다.

"싫지 않아요! 또 같이 와요."

몸을 앞으로 내밀며 말하는 동생에게 마히토도 자연스레 웃어 주었다.

"그럼 또 같이 오자."

그런 이야기를 나누는데 팬케이크가 나왔다.

""우와아…….""

남매는 동시에 감탄했다.

위에서 아래로 내려가며 점점 커지는 팬케이크가 5층이나 쌓여 있었고, 사이사이 농후한 생크림과 알록달록한 베리가 끼어 있었다.

꼭대기에 얹은 건 아이스크림일까? 팬케이크의 열기로 벌써 녹기 시작해 벌꿀 섞인 은하를 형성하고 있었다.

가게 앞에 있는 견본도 상당히 박력이 넘쳤지만, 실물을 보니 냄새도 어우러져 굉장했다.

나이프와 포크는 두 개씩 준비되었지만, 이걸 어떻게 무너뜨려야 할까?

마히토가 주춤거리자 유우리가 먼저 움직였다.

"자, 자를게요."

"으, 응. 부탁할게."

느닷없이 둘로 가르지는 않는 모양이었다. 유우리는 최상층의 한 장을 4등분으로 잘라 주었다. 맨 위가 가장 면적이 좁기에 한입에 넣을 수 있는 크기였다.

그것을 포크로 찌르더니 동생은 다시 예기치 못한 행동을 했다.

"여기요, 오빠."

"……으엥?"

무슨 생각인지 동생은 "자, 먹어"라는 듯 포크에 찍은 팬케이크를 내밀었다.

——네 운전석엔 액셀밖에 없는 거냐?

목 끝까지 차오른 말을 삼킨 마히토는 머리를 저었다.

마침내 평정심을 되찾았다고 생각했는데 또 있는 힘껏 얻어맞아 마히토도 눈앞이 어질어질했다.

──진정해. 우선 남매가 '아~앙'을 하던가?

아니, 글쎄다.

초등학교에 들어가기 전에는 해 본 적이 있는 것 같지만, 지금은 둘 다 고등학생이다. 남매라지만 고등학생 남녀가 한다면 어린 시절의 장난과는 이야기가 다르지 않을까?

그 의도를 이해할 수 없어서 곤혹스러워하며 유우리의 얼굴을 보았다.

동생은 얼굴을 새빨갛게 물들이고 잡은 포크도 부들부들 떨고 있었다. 자세히 보니 눈에는 눈물까지 고였다.

──부끄러우면 무리하지 마.

대체 왜 이런 기행을 하는 걸까?

그보다 무슨 감정으로 이러는 걸까?

──나는 오빠고 유우리는 동생인데……!

그건 동생도 알고 있을 터였다.

그렇다면 커플 흉내도 진심으로 할 리가 없었다.

그럼 무슨 의도로 하는 행동일까?

곤혹스러워하는 사이에도 유우리는 팬케이크를 내밀었고, 아무래도 먹지 않으면 끝나지 않을 것 같았다.

──에이잇, 될 대로 돼라!

마히토는 단념하고 입을 벌렸다.

"아암!"

팬케이크를 입에 넣자 혀 위에서 차가운 크림과 따뜻한 팬케이크가 춤을 췄다. 분명 엄청나게 달고 맛있지만, 솔직히 맛을 알 수 없었다.

도저히 동생의 얼굴을 똑바로 볼 수 있는 상황이 아니었는데, 유우리도 눈을 데굴데굴 굴리며 고개를 숙였다.

10초쯤 걸려 입속에 든 것을 삼킨 마히토는 마침내 의문을 입 밖에 냈다.

"저기, 왜 '아~앙'이야?"

아무래도 이건 확실히 해 두는 게 좋다.

이 세상에는 흘러가는 대로 몸을 맡기는 게 좋은 일도 있지만, 지금은 그럴 때가 아니었다.

그보다 도통 이해가 안 돼서 마히토가 견딜 수 없었다.

그러자 동생은 머뭇머뭇 시선을 들고 이렇게 말했다.

"……그게, 설레었나요?"

"그야, 뭐…….."

순순히 고개를 끄덕이자 왜인지 유우리는 의기양양하게 가슴을 폈다.

"그럼 제가 이겼네요."

"무슨 승부인데?"

그렇게 말하자 유우리는 양쪽 손가락을 얽으며 토라진 듯 중얼거렸다.

"그게, 아까 손을 잡았는데, 그, 실수했잖아요⋯⋯?"

"뭐, 응."

다행이다. 그건 동생에게도 착오였다.

그 사실에 안도하고 있는데 유우리는 납득이 되지 않는 듯 말을 이었다.

"저는 설레는데 오빠는 태연하니까 왠지 분해서요."

마히토는 테이블 위에 풀썩 엎드릴 뻔했다.

──그렇다고 '아~앙'은 과하지 않나?

아무래도 동생은 승부에 수단과 방법을 가리지 않는 스타일인 모양이다. 그러고 보니 어렸을 때도 대전 게임을 하면 이길 때까지 그만두지 않았다.

당황해 머리를 감싸자 유우리는 만족스럽게 미소 지었다.

"하지만 오빠의 그런 얼굴을 볼 수 있어서 조금 기뻐요."

"그건 다행⋯⋯인가?"

"저는 만족하는데요."

"그렇구나⋯⋯."

이쪽은 휘둘려서 심신이 피폐해졌다만.

──뭐, 유우리가 기뻐하는 모양이니 상관없나?

마히토는 얼굴을 덮고 비난하듯 말했다.

"걱정할 것 없어. 나도 설레었으니까."

"네? 그래요?"

깜짝 놀랐다⋯⋯라기보다 만족한 듯한 목소리를 내는 동생에게 마히토는 한숨 섞어 대답했다.

"갑자기 그렇게 손을 잡는데 안 놀랄 것 같아?"

"⋯⋯그런 건, 아니지만요."

불만스럽게 뺨을 부풀린 유우리의 모습에 마히토도 마침내 웃을 수 있었다.

그리고 눈앞의 탑이 여전히 우뚝 솟은 것을 떠올리고는 자신의 앞접시에도 팬케이크를 담았다.

"이 팬케이크, 무지 달지만 맛있네."

"네! 드디어 먹을 수 있어서 행복해요."

방긋방긋 입가가 느슨해진 동생의 모습에 마히토도 흐뭇한 기분이 들었다.

──그래, 이 정도 거리감이야.

익숙한 햄버그 런치라도 눈앞에 둔 듯 고개를 끄덕였다. 남매의 거리감은 이 정도가 적당하다.

뭐랄까? 드디어 차분하게 음식을 먹을 수 있을 것 같았다.

◇

수십 분 뒤. 둘이 가까스로 팬케이크 탑을 무너뜨리자 배는 빵빵해졌다. 점심은 못 먹을 듯했다.

"잠깐 화장실 좀 다녀올게."

"네."

마히토는 부른 배를 감싸며 화장실로 향했다.

유우리는 아직 여유로운 표정이었다. 여자는 단 걸 먹어도 위장으로 가지 않는 걸까……?

다만, 가게 안에 화장실이 없어서 쇼핑몰 내의 화장실을 이용해야 했다.

화장실 표지판을 따라서 가는데 문득 뒤에서 목소리가 들렸다.

"──어라, 우츠로기?"

"어? 히메미야."

돌아보자 그곳에는 히메미야가 있었다.

상대도 쇼핑 중이었는지 원피스에 스웨터 차림이었다. 교복 이외의 모습을 보는 건 처음이라 누구인지 바로 알아보지 못했을 정도였다. 뿔테 안경과 목소리 덕분에 겨우 알아챌 수 있었지만.

오늘은 긴 앞머리도 핀으로 고정해 맨얼굴이 잘 보였다. 숨은 미소녀의 면목이 보였다.

──이런 모습이 바로 아즈마기에게 보여줬으면 하는 모습인데.

친구를 생각하면서도, 평소 많은 도움을 받는 친구이기에 마히토는 미소를 지었다.

"밖에서 보는 건 처음이네. 너도 쇼핑 중이야?"

"응……."

히메미야는 반응하기 곤란한 듯 말을 흐렸다.

휴일에는 보고 싶지 않았다……기보다는 양심의 가책이라도 느끼는 듯 보였다.

아니, 여기서 양심에 찔릴 일이 뭐가 있나 싶지만, 아무튼 그렇게 보였다.

고개를 갸웃거리자 히메미야는 부끄러운 듯 손을 입가에 대고 용기를 쥐어 짜내듯 이렇게 말했다.

"저기, 잠깐 시간 있을까? 꼭 하고 싶은 말이 있어."

"어?"

인생에서 처음으로 듣는 대사에 마히토는 동요했다. 이 말에 동요하지 않는 남자는 거의 없을 것이다.

──이, 이이이건, 고백 아니야?

깜짝 놀라 요의도 달아나 버렸다.

──아, 안 돼! 내게는 유우리가…… 아니지, 아즈마키는 히메미야를……!

뒤쪽의 가게를 돌아보았다.

동생을 팬케이크 가게에 남겨두었지만, 여기서 "지금은 좀 시간이 없어서"라고 말할 수 있는 배짱은 마히토에게 없었다.

작게 고개를 끄덕이자 히메미야는 남들 눈에 띄지 않는 벽 쪽 구석으로 이동했다.

허둥지둥하면서도 마히토는 어렵사리 평정을 가장해 입을 열었다.

"그, 그래서, 할 말이 뭐야……?"

마히토가 할 수 있는 것은 성실하게 대답하는 것뿐이었다.

그렇게 묻자 히메미야는 말문이 막힌 듯 입술을 굳게 닫았다.

뭐, 그리 쉽게 말할 수 있는 일이라면 학교에서 했겠지. 아즈마기가 자꾸 끼어들기는 했지만, 걔가 자리를 비운 시간이 없었던 것도 아니니까.

하지만 침묵의 시간은 그리 길지 않았다.

"저, 저기……."

연약한 소녀가 용기를 쥐어 짜낸 바로 그때였다.

무언가가 팔을 꽉 잡아당겼다.

히메미야가 숨을 꿀꺽 삼켰다.

돌아보자 그곳에는 눈가에 눈물이 가득 고인 채 뺨을 잔뜩 부풀린 동생의 얼굴이 있었다.

"유, 유우리……?"

"오빠, 뭐 하는 거예요?"

정신을 차리고 보니 화장실에 있기에는 너무 오랜 시간
이 지나 있었다.

──그야 뭐, 혼자 가게에 두고 가면 화가 나겠지!

하지만 유우리의 표정은 평소의 날카로운 칼 같은 그것
이 아니라 그 나이 또래의 평범한 소녀가 토라진 모습이라
고나 할까, 신기하게도 귀여워 보였다.

"미, 미안해. 학교 친구를 만나서……."

"그런 분위기로는 안 보였는데요?"

뭐, 그야 그렇겠지.

마히토도 친구와 담소를 나누는 분위기라고는 생각하지
않았다.

──하지만 그런 고백 순간을 들킬 수는 없었다!

그렇다면 이 상황을 어떻게 설명해야 할까?

"아, 아니야. 그렇지? 히메미야."

화를 내는 동생에게 어떻게 변명하면 좋을지 몰라 도움
을 구하듯 히메미야를 불렀다.

그때, 동생은 의아한 목소리를 냈다.

"응? 히메미야……?"

하지만 그것을 캐물을 여유는 없었다.

"……저기, 히메미야?"

히메미야는 어찌 된 일인지 창백해져서 달달 떨고 있었다.

표정 또한 당장이라도 울음을 터뜨릴 것 같았다.

그 시선은 명백히 유우리에게 향해 있었다.

──혹시 날카로운 무렵의 유우리를 알고 있나?

그나저나 이렇게 겁먹는 건 부자연스러운 것 같은데.

"죄, 죄송해요⋯⋯."

겁먹은 히메미야는 마침내 울음을 터뜨렸다.

"흐엑, 저기, 왜왜왜왜왜 그래?"

"앗, 저저저저저 때문인가요?"

남매가 나란히 당황했을 때였다.

"너희! 유이에게 무슨 짓이야!"

갑자기 울려 퍼진 목소리에 돌아보자 젊은 남자가 맹렬히 달려오고 있었다.

마히토는 즉각 동생과 히메미야를 감싸고자 앞에 나섰지만, 상대의 얼굴이 낯익었다.

"어?! 아즈마기?"

"엥, 우츠로기?!"

달려온 이는 반에서 유일한 친구인 아즈마기였다.

악당과 맞설 기세이던 그는 마히토와 유우리, 그리고 히메미야의 얼굴을 보고 입을 떡 벌렸다.

"어, 어라⋯⋯? 저기, 무슨 상황이야?"

최소한 이제 고백받을 분위기는 아니었다.

그보다 히메미야는 달려온 아즈마기의 옷을 불안한 듯 잡고 있었다.

아즈마기의 마음은 이해하지만, 어쩐지 형언할 수 없이 속은 듯한 기분이 들었다.

잠시 뒤 아즈마기는 히메미야의 어깨를 만졌다.

"유이, 무슨 일이야? 얘네가 울린 건 아니겠지?"

"아, 아니야, 리츠토. 나, 혼자…….."

그 말에 마히토는 어라? 싶어 고개를 갸웃거렸다.

아즈마기는 히메미야에게 마음이 있다고 생각했지만, 서로 이름을 부를 정도의 사이로는 보이지 않았다.

그런데 지금은 서로의 거리가 대단히 가까웠다.

동생과 얼굴을 마주 보는데 히메미야가 드디어 고개를 들었다.

그리고 재빨리 머리를 숙였다.

"미안해! 그때, 그 차에 나도 타고 있었어."

"……응?"

예기치 못한 말에 마히토는 눈이 동그래졌다. 아즈마기도 사정을 몰랐던 모양이다. 아연실색해 입을 벌리고 있었다.

멍하니 있자 유우리가 작은 목소리로 속삭였다.

'오빠, 저기, 히메미야라면, 그 사고 맞죠?'

"……아아!"

마침내 떠올랐다.

유우리가 교통사고를 당했을 때 그 차 운전자의 성이 히메미야였다. 그 뒤 사고에 신경 쓸 여력이 없어서 까맣게 잊고 있었다.

아마 가족끼리 식사라도 하러 가는 길이었겠지. 그러고 보니 뒷좌석에서 몇 명인가 내렸던 것 같다.

하지만 어쨌든 동생이 차에 치였다. 운전자라면 몰라도 다른 얼굴을 볼 여유는 없었는데, 그곳에 히메미야도 있었다는 모양이다.

——어두워서 전혀 몰랐어.

하지만 히메미야는 봤을 것이다.

생각해 보면 사고 상대가 같은 반 친구의 동생이니 그냥 불편한 정도가 아니었을 것이다.

——그래서 나를 걱정해 준 거구나.

히메미야는 고개를 숙인 채 말을 이었다.

"그때 내가 아빠한테 말을 걸어서 브레이크를 늦게 밟은 걸 거야. 그러니까 최소한 사과 한마디라도 하고 싶어서……. 하지만 동생분이 힘들 때 말하면 곤란할 것 같아서……."

들고 보니 히메미야가 말을 건 것은 유우리가 퇴원한 직후였다. 이쪽의 상황이 정리되기를 기다렸을지도 모르겠다.

마히토는 얼굴을 덮었다.

──고백이 그 고백이었던 거냐!

사랑 고백을 받는 줄 알았던 마히토는 수치심에 쥐구멍에라도 들어가고 싶어졌다.

하지만 히메미야는 용기 내어 털어놓았다. 마히토는 기력을 쥐어 짜내 미소 지었다.

"히메미야, 신경 쓰지 마. 동생은 무사했고, 그건 이쪽 잘못이었으니까. 그렇지, 유우리?"

"네. 그때는 죄송했습니다."

마히토보다 침착한 유우리는 순순히 고개를 숙였다.

뛰쳐나간 건 유우리 쪽이고, 본인도 기억 말고는 이상이 없었다.

그 기억도 사고와는 직접 관계가 없는 이야기이고, 애초에 사고 후 대응도 거의 다 해 주었다. 오히려 이쪽이 고개를 숙여야 할 것이다.

다만, 하고 마히토는 의문을 입 밖에 냈다.

"그런데 그, 두 사람은 원래 친했어?"

그렇게 묻자 히메미야와 아즈마기는 얼굴을 마주 보며 고개를 끄덕였다.

"같이 쇼핑하러 가는 정도지만……. 리츠토와는 유치원 때부터 아는 사이니까."

"유이. 그런 걸 소꿉친구라고 해."

아무래도 저쪽은 진짜 데이트였던 모양이다.

마히토는 힘이 쭉 빠졌다.

──그럼 그걸 확실히 알 수 있게 행동해!

자기에게 호감을 가진 줄 알았던 마히토는 그저 피에로였다.

그런데도 겨우 마음을 다잡고 고개를 저었다.

"뭐, 아까도 말했지만, 신경 쓰지 마. 동생은 괜찮으니까."

"하지만……."

히메미야는 웅얼거렸다.

빤히 바라보는 그녀를 대신해 아즈마기가 입을 열었다.

"그게, 동생한테 후유증이 있다고 들었는데……."

"아아……."

구체적인 이야기는 하지 않았는데, 오히려 그게 마음 쓰이게 했는지도 모르겠다.

──하지만 기억상실은 아무한테나 할 말이 아니니까.

답변이 막힌 그때 유우리가 입을 열었다.

"괜찮아요. 전과 다름없이 생활하고 있답니다."

의연한 말에 아즈마기와 히메미야도 안도한 듯한 표정을 지었다.

"알았어. 이상한 소리를 해서 미안해."

"아니에요."

그리하여 두 사람은 떠나갔다.

그 뒷모습을 바라보며 유우리가 작은 목소리로 말했다.

'오빠, 저 두 사람은 사귀는 건가요?'

지금 모습을 보자면 초면이라도 그렇게 생각할 것이다. 마히토도 오지랖을 참지 못하고 고개를 끄덕였다.

'역시 그렇게 보이지?'

하지만 떠나가는 두 사람은 어깨가 맞닿을 정도로 가깝기는 하지만, 딱히 손을 잡은 건 아니었다. 아즈마기도 그런 태도를 보인 적은 없다.

뭐랄까, 저건 저것대로 남매 같은 거리감 같기도 했다.

——친구 이상, 연인 미만이라는 건가……?

어쩐지 서툴러 보이는 두 사람을 남몰래 응원하고 싶었다.

잠시 생각한 뒤 마찬가지로 작게 대답했다.

'뭐, 그런 건 본인들의 페이스가 있을 테니 너무 파고들면 안 돼.'

호기심이 고개를 쳐든 것은 마히토도 마찬가지였으나 친구의 존엄을 위해 부드럽게 타일렀다.

그리고 유우리에게 불편한 시선을 보냈다.

"저기, 아까는 미안."

"뭐가요?"

"기억 말이야. 애들한테 이야기한 건 아니지만, 후유증이 있는 것처럼 말했으니 설명하기 난감했지?"

결국 유우리가 얼버무려야 했다.

그러자 유우리는 아무렇지도 않은 듯 고개를 가로저었다. 은색 머리카락이 찰랑찰랑 흔들려 저도 모르게 매료될 뻔했다.

"괜찮아요. 오빠도 아무 설명도 하지 않을 수 없었던 건 이해하니까요."

그리고 무슨 생각을 했는지 갑자기 팔에 힘껏 매달렸다.

——그러니까 왜 그렇게 되는 거냐고.

마히토가 소리를 지르기 전에 유우리는 입을 열었다.

"저는 이전의 저에게 지지 않을 정도로 오빠와 친해질 수 있도록 노력할 거예요!"

그리고 제정신이 들었는지 팔을 풀고 쑥스러운 듯 말을 이었다.

"그러니 앞으로도 잘 부탁드려요."

그 말에 깜짝 놀란 건 마히토 쪽이었다.

——그렇구나. 지금의 유우리와 이전의 유우리는 똑같

지 않아도 되는구나…….

마히토도 전과 똑같기를 바랐던 건 아니지만, 무의식중에 둘을 겹치고 있었는지도 모르겠다.

마히토를 모르는 동생과 마히토와 화해하지 못했던 동생.

화해하지 못했던 것을 마음에 두는 건 마히토의 사정이니 동생에게는 오빠로서 대해야 한다.

그것이 받아들인다는 게 아닐까?

그래서 이번에는 마히토가 먼저 손을 내밀었다.

"나야말로 미덥지 못한 오빠지만 잘 부탁해."

"그렇지 않아요."

유우리는 그 손을 잡아 주었다.

이번에는 평범하게 잡았다.

"오빠, 아직 보고 싶은 가게가 있는데요."

"어디든 가자. 오늘 하루는 같이 보내기로 했으니까."

"에헤헤. 그럼 다음은——."

결국 저녁이 되어서야 쇼핑몰을 나섰다.

"――아빠, 잠깐 시간 돼?"

유우리와 온종일 쇼핑몰을 걸었던 밤, 마히토는 아빠의 서재에 찾아갔다. 휴일이라 아빠도 오늘은 집에 있었다.

"무슨 일이니, 마히토?"

마히토의 진지한 모습에 아빠는 안경을 슬쩍 고쳐 쓰고 고개를 갸웃거렸다.

손을 뒤로 돌려 문을 닫았다. 다음 말을 뱉기 위해 작게 심호흡해야 했다.

"나랑 유우리의, 친부모님에 대해 듣고 싶은데……."

――아빠랑 엄마는, 사실 재혼했단다.――

마히토와 유우리가 피가 섞이지 않은 남매라는 말을 들었을 때, 아빠는 그렇게 말했다.

하지만 그 뒤 유우리가 뛰쳐나가는 바람에 어떤 사정인지 전혀 들을 수 없었다.

이혼인지, 사별인지.

지금은 없는 부모는 지금 어떻게 지내는지.

어떤 사정이 있었든 그것이 듣기 좋은 이야기는 아닐 것이다. 분명 들으면 괴로울 것이다.

그런 것은 마히토도 알고 있었다.

——하지만 화해하지 못한 유우리도 포함해서 제대로 알아 두고 싶어.

그러려면 우선 여기서부터 확실하게 해 두어야 할 것 같았다.

아빠는 칭찬하듯 고개를 끄덕였다.

"그래. 본래는 아빠가 먼저 말했어야 하는데."

"아냐, 말할 수 있는 상황이 아니었던 건 이해해……."

그 뒤로는 유우리가 기억상실을 겪게 되어 도저히 이 화제를 꺼낼 상황이 아니었다. 말할 기회는 없었으리라.

작게 고개를 끄덕이자 아빠는 책상 서랍에서 작은 나무판을 꺼냈다.

자세히 보니 포토 스탠드 같았다. 뒷면에는 세울 수 있는 다리가 달려 있었고, 액자 형태인 걸 알 수 있었다. 낡은 물건인 듯한데 흠집이나 오염은 보이지 않았다. 소중히 간직하는 거겠지.

그걸 빙글 뒤집어서 아빠는 사진을 내밀었다.

그곳에는 네 명의 젊은 남녀가 찍혀 있었다. 그중 한 명은 갓난아기로 보이는 작은 보퉁이를 안고 있었다.

"이건……?"

아빠는 그립고도 슬픈 듯한 얼굴로 미소 지었다.

"우리가 마지막으로 찍은 사진이야. 이 갓난아기가 너고, 유우리는 엄마 배 속에 있었지."

듣고 보니 사진 속의 남녀 중 두 명은 아빠와 엄마의 젊은 시절로 보였다.

다만, 엄마는 흑발이고, 아빠 역시 미간에 주름도 없이 상당히 밝은 표정이었다. 둘 다 지금과는 인상이 많이 달라서 한눈에 알아볼 수는 없었다.

그중 갓난아기를 안고 있는 사람은 마히토가 모르는 여성이었다.

아빠는 먼저 그 여성을 가리켰다.

"이 사람은 하루카. 네 친엄마야."

"이 사람이……."

친엄마라는 말을 들어도 실감은 나지 않았다.

하지만 차분하고 아름다운 사람이라고는 생각했다.

"어떤 사람이었어?"

그렇게 묻자 아빠는 쓸쓸한 표정을 지었다.

"미소가 멋진 사람이었어. 적극적으로 이끌어 주는 사람이라 뚝딱거리고 사교성도 없는 아빠는 늘 많은 도움을 받았지. 뭐랄까, 행동력으로 똘똘 뭉친 사람이었어."

그 목소리에는 애정이 듬뿍 담겨 있어서 지금도 사랑하는 마음이 전해졌다.

아무래도 사진 속 인상과는 달리 쾌활한 인물이었던 모

양이다.

그 뒤 엄마 옆에 선 남성을 가리켰다. 이쪽은 키가 크고 멋진 백금발의 백인 남성이었다.

"이 녀석은 세아트. 아빠랑 같은 대학에 다니던 유학생이었어. 재학 시절부터 마음이 맞아서 자주 둘이 투어링을 다니곤 했지. 이 사람이 유우리의 친아빠야."

세아트 씨는 엄마의 어깨를 안고 있었고, 무척 소중하게 여긴다는 것이 눈빛으로 전해졌다.

──유우리의 은발은 이 사람에게 물려받은 거였구나.

눈동자 색깔도 유우리와 매우 닮아 있었다.

그것을 비밀로 한 데는 재혼에 이르는 사정에 모종의 이유가 있을 것이다. 이 사진을 보이지 않는 곳에 넣어 둔 점에서도 알 수 있었다.

긴장하는 마히토를 개의치 않고 아빠는 못 말리는 친구 이야기를 하듯 입을 열었다.

"이 녀석은 아무튼 술을 좋아하는데 금방 취해서 아빠가 자주 고주망태가 된 세아트를 데리러 갔어. 그런 바보지만, 삐딱한 건 싫어하는 올곧은 녀석이었지. 술버릇은 안 좋았지만."

두 번이나 말하는 걸 보니 그 점은 꽤 고생했나 보다.

하지만 그 목소리에는 분노보다 즐거움이 컸다. 분명 좋은 친구였으리라.

그런 두 사람이 왜 지금 이곳에 없는 걸까?

아빠는 등받이에 몸을 맡기고 무거운 말투로 이야기하기 시작했다.

"우리는 결혼한 뒤에도 교류가 이어졌어. 엄마와 하루카도 친구라고 할 수 있을 정도로 사이가 좋았고. 유우리의 이름도 하루카에게서 한 글자를 따온 것이지."

유우리의 '유우(悠)' 자를 '하루카'라고 읽는 것은 마히토도 알고 있다.

"이날도 우리는 넷이 같이 드라이브하러 갔어. 엄마의 출산이 임박했으니까. 기분 전환하자고 세아트의 차를 타고."

거기서 아빠는 깊은 한숨을 내쉬었다.

"맞은편 차선에서 전방 부주의 차량이 들이박았지. 운전하던 세아트와 그 뒤에 있던 하루카는……."

아빠는 다음 말을 잇지 못하고 눈가를 훔쳤다.

이런 표정을 짓는 아빠는 처음 봐서 마히토는 당황하면서도 확인하듯 말했다.

"……돌아가셨나요?"

"그래."

마히토가 갓난아기이고 유우리가 아직 배 속에 있다는 건, 분명 결혼한 지 얼마 되지 않았을 무렵일 것이다. 그런 시기에 파트너를 잃은 두 사람의 절망도 고생도 마히토가 감히 상상할 수는 없다.

──그렇구나. 그래서 엄마는 유우리가 사고를 당했을 때 그렇게 이성을 잃었던 거구나.

상황은 다르지만 엄마가 가장 사랑하는 사람과 친구를 동시에 잃은 것은 교통사고였다. 딸이 차에 치인 일은 그것을 떠오르게 하기에 충분하고도 남는 사건이었을 것이다.

아빠는 비탄을 무마하듯 웃음 지었다.

"그 뒤 출산을 앞두고 있던 엄마에게는 도움이 필요했어. 그래서 아빠는 세아트 몫까지 보살피려고…… 아니, 이 얘기는 됐다."

"아, 엄청 궁금한데……."

마히토가 물고 늘어지자 아빠는 곤란한 듯 얼굴을 돌렸다.

"……좀 봐줘라. 아빠도 부끄럽단 말이야."

의외로 부끄러움이 많은 아빠의 일면을 알게 되어 마히토는 더 이상 추궁할 수 없었다.

──그러고 보니 아빠와 엄마가 끈적끈적한 모습은 본 적이 없네.

둘 사이가 나쁘다고 느낀 적은 없고, 오히려 서로를 소중히 여긴다는 것은 보면 알 수 있다.

다만, 부부다운 모습이라고 할까, 남매 앞에서 알콩달콩한 모습을 보여준 적은 별로 없다. ……그런 걸 보여줘도 곤란하지만.

　일본의 부부는 다들 그렇다고 생각했지만, 어쩌면 아빠는 아직 소극적인 게 아닐까 싶어 불안해졌다.

　하지만 아빠가 두 아내를 지금도 사랑하는 마음은 전해졌다.

　그리고 마히토에게는 둘 다 엄마다.

　아빠는 다만, 하고 말을 이었다.

　"둘 다 마음을 정리하는 데 시간이 걸렸어. 호적에 올린 건 시간이 꽤 흐른 뒤였지."

　"아, 그래?"

　"아마 네가 초등학교에 들어갈 즈음이었지. 너랑 유우리의 성이 다른 걸 그냥 둘 수는 없으니까, 그제야 호적에 올리게 됐어."

　"혹시 그때 이사한 건……?"

　"그래. 너희는 고생 좀 했겠지만, 둘이 잘해보자고 결심한 의사 표시 같은 거였어."

　마히토가 여섯 살 무렵의 이야기다. 그전에 살던 곳은 이제 잘 기억나지 않는다.

　그 무렵의 기억을 더듬으며 마히토는 고개를 갸웃거렸다.

　"어라? 하지만 나는 어릴 때부터 자연스럽게 아빠, 엄마라고 불렀던 거 같은데?"

　한집에서 살기도 했을 터였다.

그렇게 지적하자 아빠는 말하기 어려운 듯 목덜미를 긁적였다.

"……뭐, 서로의 집을 오가는 건 비효율적이니까. 아기 용품도 같이 쓰려다 보니 한집에 사는 게 합리적이었어."

지당한 말이지만 결심을 내리지 못하고 동거했다는 모양이다. 조금 한심하게 느껴졌다.

──말하기 힘들었던 건 그 탓이구나.

더 이상 아빠와 엄마의 연애 사정을 파헤치지 않는 게 좋을 듯했다.

마히토는 다음 의문을 꺼냈다.

"그럼 아빠와 원래 엄마…… 하루카 씨는 어떻게 만났어? 왜 결혼하게 됐는데?"

그 질문에 아빠는 흐음, 하고 복잡한 표정을 지었다.

"이유를 뭐라고 대답해야 할까? 아빠와 하루카는…… 뭐랄까, 소꿉친구였어. 한 살 차이가 나지만."

"흐음."

낮에 쇼핑몰에서 만난 아즈마기와 히메미야가 떠올랐다.

사귀는 것도 같고 아닌 것도 같은 신기한 거리감이기는 했지만, 그 두 사람도 언젠가는 그런 관계가 될까?

그렇게 납득하는데 아빠는 말을 이었다.

"남매처럼 자란 사이였어. 그래서 하루카는 늘 동생처럼 생각했지."

그 점도 아즈마야네와 공통점인 것 같아서 부모님이지만 흐뭇하게 느껴졌다.

하지만 그렇게 여유롭게 들을 수 있는 것은 다음 말을 듣기 전까지였다.

"고등학교에 들어갈 무렵이었나? 어느 날 하루카가 동생이 아니라 이성이라는 걸 깨달았어."

"흐, 흐으음……."

어쩐지 호응하는 목소리가 떨렸다.

아빠는 옛 생각을 하듯 눈을 가늘게 떴다.

"그 뒤로는 상황이 급변했지. 본래 동생처럼 어리광을 부리고 내 사정을 개의치 않고 행동하는 사람이었어. 이성이 그렇게 대하니 좋아하지 않을 수가 없었지. 그래서 대학을 졸업하기 전에 결혼했어."

"그, 그랬구나……."

마히토는 가슴을 눌렀다.

──왜 내가 이렇게 불안해지지……?

어찌 된 일인지 남 일로는 들리지 않고 자신의 미래라도 듣는 듯한 기분이 들었다.

이 이야기를 더 이상 계속해서는 안 될 것 같아서 마히토는 화제를 돌렸다.

"그, 그럼 엄마랑 그…… 세아트 씨 쪽은 어땠어? 역시 같은 대학이었나?"

그렇게 묻자 아빠는 고개를 끄덕였다.

"응. 아빠와 엄마는 고등학교 때부터 선후배 사이였어. 아빠가 세아트와 친하게 지내기 시작하고 엄마도 어울리게 됐지. 그 무렵부터 자주 '선배'라며 따라다녔던가? 그때부터 귀여운 사람이라…… 아, 아니, 그 얘기는 됐다."

듣고 싶은 듯 듣고 싶지 않은 이야기에 마히토는 점점 궁지에 몰린 기분이 들었다.

"엄마는 젊은 시절부터 포용력이 있었거든. 아이 같은 성격의 세아트를 그냥 둘 수 없었을 거야. 둘 다 정말로 사이좋은 부부였어."

세아트 씨―― 유우리의 친부도 아빠에게는 소중한 사람이었다는 것이 느껴졌다.

――엄마도 그렇게 생각하겠지.

미련과는 다르겠지만, 엄마의 은발은 유우리와 똑같다기보다 사진 속의 세아트 씨와 닮은 것 같았다.

물론 아빠도 엄마도 자신과 유우리를 차별하지 않고 사랑해 준다는 것은 알고 있었다.

다만, 하고 생각했다.

――만약 그런 사고가 일어나지 않았다면, 아빠와 엄마

가 서로의 파트너를 잃지 않았다면…….

　그때, 마히토와 유우리는 어떤 관계가 되었을까?
　가정해 봤자 의미는 없지만, 지금의 마히토에게는 중요
한 일이었다.
　왜냐하면 마히토와 유우리의 관계는 리셋되었으니까.
　리셋되어 피가 섞이지 않은 남매라는 관계가 정립되며
모든 것이 어중간해진 기분이었다.
　자신이 의붓동생과 어떻게 마주해야 할지 답을 찾고 싶
었다.
　고민하는 마히토에게 아빠는 웃었다.
　"알고 싶은 건 이게 전부니?"
　"으, 응. 일단은."
　마음의 정리가 될 만한 이야기는 아니었지만, 그 실마리
정도는 된 것 같았다.
　그런 마히토를 어떻게 봤는지 아빠는 살며시 마히토의
머리에 손을 얹었다.
　"네가 뭘 고민하는지 아빠는 묻지 않을게. 하지만 가장
중요한 건 '네가 어떻게 하고 싶은지'라고 생각해."
　"내가, 어떻게 하고 싶은지……?"
　그런 말을 들을 줄은 몰랐기에 눈이 휘둥그레지자 아빠
는 말을 이었다.

"너는 겉모습은 하루카랑 닮았는데 성격은 아빠를 닮았으니까. 자기 일을 적당히 넘기는 경향이 있어."

"그런가……?"

뭐, 확실히 아빠는 그런 면이 있기는 하다.

그런 감상을 내다본 듯 아빠는 웃었다.

"엄마에게도, 하루카에게도 귀에 못이 박히도록 들었거든. 그래서 조금은 자각하게 됐어."

아빠는 말했다.

"그러니까 자기가 어떻게 해야 할지가 아니라, 자기가 어떻게 하고 싶은지 잘 생각해 봐."

"……응."

그것은 분명 정곡을 찌른 말이었을 것이다. 세게 한 방 맞은 듯한 기분이었다.

──나는 유우리와 어떤 관계가 되고 싶은 걸까……?

아마 친해지고 싶을 것이다.

전처럼 피하는 건 이제 싫다.

──하지만 친해지다니, 어떻게……?

그 생각을 하자니 유우리가 초등학생이던 무렵밖에 생각나지 않았다. 명확히 피하게 된 것은 1년 전쯤이었지만, 지금 생각하면 중학교에 올라갔을 무렵에는 거리가 벌어지기 시작했다.

고등학교에 올라간 동생에게 초등학생의 거리감을 바라

는 건 이상하지.

그런데 동생과 친해지고 싶다고 생각하면서도 자신이 그렇게 막연한 이미지밖에 갖고 있지 않다는 데 아연실색했다.

──하지만 모른다는 건, 일단 거기서부터 생각해야 한다는 뜻이겠지.

마주해야 할 것을 알게 된 것 같아 마히토는 고개를 끄덕였다.

"아빠, 대화해 줘서 고마워."

"그래."

감사 인사를 하고 아빠 방을 뒤로했다.

그리하여 복도로 나가자 동생의 방 앞에 누군가가 있었다.

"유우리……?"

어찌 된 일인지 유우리가 자기 방 앞에 서 있었다.

"무, 무슨 일이야?"

심상치 않은 모습에 달려가자 유우리는 어두운 눈동자로 마히토를 올려다보았다.

"……오빠."

목소리는 떨렸다.

쇼핑몰에서 즐겁던 모습이 거짓말인 양 비탄에 잠긴 표

정이었다.

"무슨 일 있었어?"

어깨를 잡자 유우리는 그대로 마히토의 가슴에 기댔다.

"어쩌지⋯⋯. 나⋯⋯."

꺼질 듯한 목소리로 그렇게 중얼거렸다.

◇

『그럼 오빠랑 첫 데이트는 잘한 거네.』

"데이트라니⋯⋯. 그런 거 아니에요!"

시간을 거슬러 올라간다.

LIME에 도착한 메시지에 유우리는 저도 모르게 소리쳤다.

오늘은 쇼핑몰에서 팬케이크를 먹은 뒤에도 오빠는 함께 옷을 구경하는 등 온종일 함께해 주었다.

그런 감상을 야마나시와 주고받는데 이런 말을 들은 것이다.

──정말 츠키는 금세 이런 소리를 한다니까요⋯⋯.

오빠에게 데이트라고 말해 불편한 분위기를 만든 것도 그것이 한몫했다고 말할 수 있을 정도다.

하지만 직접적인 관계는 없는 이야기이니 불평하기도 어려웠다.

──그보다 그 뒤의 일을 생각하면 쓸데없는 소리는 할 수 없어요.

오빠가 여자──히메미야라는 모양이다──와 단둘이 있는 모습을 보고 고백이라도 하는 분위기로 보였다.

──저랑 데이트하는 와중에!

입으로는 데이트가 아니라고 말했으면서 마음속에서 치미는 것은 그런 말이었다.

정신을 차리고 보니 오빠의 팔에 매달려 방해하고 있었다.

그런데 진정하고 들어보니 단순히 사고를 당했을 때의 이야기를 하고 싶었을 뿐이었던 모양이다.

──또 지레짐작하고 말았어. 창피해라…….

제가 생각해도 어린애 같은 짓을 하고 말았다.

더구나 히메미야 씨에게는 따로 마음에 둔 사람이 있는 모양이었다. 오빠도 그런 두 사람을 응원하는 것처럼 보였다.

결국 유우리 혼자 창피를 당했을 뿐이다.

침대 위에서 버둥대면서도 유우리는 아무렇지 않은 척 메시지에 답했다.

『딱히 데이트는 아니지만, 아주 즐거웠어요. 오빠는 다정하니까요.』

LIME은 얼굴이 보이지 않는 게 장점이다. 지금 제 모습을 본다면 아무리 친구라도 기겁할 것이다.

지극히 냉정하게 성실한 답을 보낼 수 있었던 데 만족하는데 야마나시에게도 바로 답이 왔다.

『그럼 다행이야. 안심했어.』

그 메시지는 대단히 자연스러웠을 테지만, 유우리는 약간 위화감을 느꼈다.

——기분 탓일지도 모르지만, 묘하게 걱정하는 것 같은데……?

생각해 보면 야마나시는 오빠와 처음 만났을 때도 어딘가 미묘한 분위기였다.

아마 그녀는 이전의 자신과 오빠의 관계가 어떤 것이었는지 알고 있을 터였다. 그런데 유우리가 기억을 잃은 것을 알고도 그 이야기를 하려 하지 않는다.

왜일까?

장난을 치는 게 아니라 배려이리라는 것은 유우리도 알고 있었다.

——왜 배려하는 거지……?

마음속에 서서히 불안이 퍼졌다.

이전의 자신과 오빠의 관계는 걱정할 만한 것이었을까?

——설마 우리는 사이좋은 남매가 아니었나……?

이따금 오빠가 보여주는 죄책감 같은 표정은 그런 것을

연상시켰다.

하지만 그러면 오빠가 거짓말을 한 게 된다.

왜냐하면 오빠는 이전의 자신과 사이가 좋았다고 말했다.

──하지만 험악한 사이였던 동생이 심지어 자신을 잊었다면 보통은 친해지고 싶다는 발상으로는 이어지지 않을 텐데……?

처음에는 가족으로서 다정하게 대해 줄지도 모르지만, 오늘처럼 데이트…… 아니, 쇼핑을 해 주지는 않겠지.

게다가 그 오빠가 그렇게 치졸한 짓을 할 것 같지는 않았다.

그러니 그걸 의심할 생각은 없지만, 역시 기묘한 위화감이 솟구쳤다.

생각해 보면 오빠를 잊어버리는 이상한 사건이 일어났는데 가족이 이전 일을 전혀 언급하려 하지 않는 것도 부자연스러운 듯했다.

배려해 주는 것은 알겠지만, 정말로 그 이유뿐일까?

──아빠도 엄마도 딱히 태도가 바뀐 건 아니지만.

하지만 뭔가 이해가 안 된다고나 할까, 이상한 기분이 들었다.

아니면 단순히 자신이 오빠를 기억하지 못해서 괜히 불안한 걸까?

『유우리, 왜 그래?』

생각에 잠기는 바람에 LIME이 멈추고 말았다. 의아해하는 메시지에 황급히 답하려 했다.

"아."

당황하는 바람에 손가락이 화면 끝에 닿아 며칠 치 채팅이 한꺼번에 스크롤되었다.

이렇게 되면 본래 위치로 돌아가기가 성가시다. 일단 앱을 닫으려다 그곳에 남겨진 대화가 눈에 들어왔다.

『잔말 말고 오빠랑 대화를 좀 해.』
『일 년 정도 제대로 말을 안 했잖아?』

"어……?"

그것은 야마나시가 보낸 것이었는데, 처음 보는 메시지였다.

"일 년이나 제대로 말을 안 했다니…… 무슨 소리지?"

전후 대화는 이모티콘으로 채워져 있어 무슨 대화를 했는지 알 수 없었다. 자신은 화난 듯한 이모티콘을 보냈고, 야마나시는 진저리 치거나 고개를 가로젓는 것을 보냈다.

이런 대화를 나눈 기억은 없다.

날짜를 보니 2주일 전이었다.

──제가 사고를 당한 날이에요.

즉, 기억을 잃기 직전의 기록이었다.

왜 지금까지 몰랐을까? 야마나시와는 매일 LIME을 주고받는다. 그렇다면 오빠 얘기도 했을 터였다.

——오빠와의 기록이 통째로 사라졌기 때문인가……?

아무래도 야마나시와 오빠 이야기를 나눈 기억도 사라진 모양이었다.

하지만 유우리의 기억에서 사라져도 LIME 기록은 사라지지 않는다.

즉, 이곳에는 이전의 자신과 오빠가 어떤 관계였는지 남아 있다.

다만, 하고 주저했다.

『일 년 정도 제대로 말을 안 했잖아?』

그것이 평범한 상황이 아님은 명백했다.

자신과 오빠 사이에 무슨 일이 있었던 것일까? 그것을 알면 더 이상 오늘처럼 사이좋게 지낼 수 없게 되는 게 아닐까?

——그건, 싫어요…….

하지만 그렇다고 해서 계속 모르는 척을 할 수 있을까?

분명 그것도 어려울 것이다.

"어떻게, 하지……?"

저도 모르게 목소리가 새어 나왔다.

목이 꿀꺽 울렸다.

이전의 자신들 사이에 무슨 일이 있었을까? 그 단서가

눈앞에 있었다.

하지만 '봐서는 안 된다'고 머릿속의 무언가가 말렸다.

쌕~쌕~ 하고 거슬리는 소리가 들렸고, 그것이 제 호흡 소리인 걸 깨달았다.

어느샌가 입속이 말라 목도 건조했다.

궁금하다.

하지만 두렵다.

이 앞에 얼토당토않은 잘못이 기록되어 있을 것만 같은 공포가 치솟았다.

──하지만 알고 싶어. 모르면, 안 돼.

알지 못한다면 앞으로도 계속 정체 모를 위화감과 불안에 시달릴 것이다.

이럴 때 오빠라면 도망치지 않을 것 같았다.

"오빠, 제게, 용기를 주세요……!"

마지막에 다시 한번 작게 숨을 고르고 유우리는 화면에 손가락을 댔다.

그리고 유우리는 모든 것을 알고 말았다.

◇

"어쩌지……? 나…….."

그렇게 중얼거리는 동생은 그다음 말을 하려 하지 않았다.

유우리의 어깨는 잘게 떨렸고 호흡도 거칠었다.

당장이라도 울 것 같은 동생에게 마히토는 무슨 말을 해야 할지 알 수 없었다.

"유우리, 무슨 일 있었어?"

그렇게 물어도 유우리는 마히토의 가슴에 얼굴을 묻기만 할 뿐 대답이 없었다. 마히토와 아빠가 대화를 나누는 사이에 대체 무슨 일이 있었던 것일까……?

곤혹스러워하는 마히토에게 참을 수 없다는 듯 유우리는 이렇게 말했다.

"저는, 나쁜 아이……였어요."

"응?"

전혀 예기치 못한 말에 마히토는 쓸데없이 혼란스러웠다.

──이게 무슨 소리지? 나쁘기로는 오히려 내가 더…….

그렇게 생각하다 퍼뜩 깨달았다.

유우리와 제대로 마주하기로 결심한 참이지 않은가.

그렇다면 일단 마히토가 마주해야 할 문제가 있을 터였다.

그래서 유우리의 어깨를 잡고 몸을 뗀 뒤 그 얼굴을 정면으로 바라보았다.

"유우리, 나도 할 말이 있어."

"후잉?"

휘청대던 유우리는 그대로 뒤쪽 벽에 등을 부딪쳤고 작게 비명을 질렀다.

"하, 할 말……이요?"

눈에 눈물이 고인 채 유우리는 고개를 갸웃거렸다. 그 동작에 은색 머리카락이 어깨에서 가슴으로 미끄러졌다.

그런 동생을 앞에 두고 작게 호흡을 정돈한 뒤 마히토는 입을 열었다.

"우리는 사실 그렇게 친하지 않았어."

유우리가 눈을 동그랗게 떴다.

"네……?"

"싸운 건 아니야. 서로 욕을 한 것도 아니고. 하지만 그렇게…… 아니, 거의 대화가 없었어."

그런 유우리에게 마히토는 조용히 등을 돌리고 도망칠 수밖에 없었다.

"그날, 네가 사고를 당한 날도 너는 무슨 말인가를 하려 했지만, 나는 그걸 제대로 들어주지 못했어."

어쩌면 사소한 이야기였을지도 모른다. 차를 따르려 했으니 마히토도 마시겠느냐고 물어보려 했을지도 모른다.

하지만 그 답은 이제 알 수 없다.

지금도 후회된다.

내일 다시 들으면 된다고 태평하게 굴지 말고 제대로 들어둘 걸 그랬다.

──나는 이제 똑같은 일을 반복해선 안 돼.

이번에야말로 용기를 가져야 한다.

"그러니까 나쁘기로 따지면 내가 더 나빠."

"그건……."

그것은 이기적이고 독선적인 말일지도 모른다.

하지만 그렇게 죄를 고백하자 유우리는 고개를 가로저었다.

마히토는 다시 한번 동생의 얼굴을 똑바로 바라보았다.

"그러니까 나는 너와 제대로 대화해서 너에 대해 알고 싶어."

그날 유우리가 하려던 말은 이제 확인할 수 없다.

하지만 지금의 유우리에 대해서라면 아직 알 수 있다.

그러니 제대로 대화해서 유우리가 무슨 생각을 하고, 뭘 마음에 뒀는지 알고 싶다.

그리고 자신에 대해서도 알길 바랐다.

마주한다는 것은 그런 게 아닐까?

──거기서부터 시작하지 않으면 유우리와 어떤 남매가 되고 싶은지 모를 것 같아.

그런 고백을 유우리는 눈을 피하지 않고 끝까지 잘 들어주었다.

그리고 어깨를 잡은 마히토의 손을 살며시 만졌다.

"오빠, 감사합니다……."

그렇게 말하고 안심한 듯 미소 지었다.

"그, 조금 놀랐지만, 오빠는 계속 다정하게 대해 줬어요. 그러니까 오빠는 잘못이 없어요."

"유우리……."

그러고 있으니 점점 유우리의 얼굴이 빨개지는 것을 알 수 있었다.

"유우리."

"저, 저저저저저기, 저기, 오빠, 그게, 가까운데……!"

그 말에 자신의 상황을 자각했다.

동생의 가녀린 어깨를 잡고 벽에 밀친 것이다. 어쩐지 강요하는 것처럼밖에 보이지 않는 상황이었다.

"아, 아아아앗, 이건, 아니야!"

"아, 알, 알아요!"

그때 문득 시선을 느껴 돌아보았다.

복도에서 떠든 탓인지 서재에서 아빠가 걱정스러운 얼굴로 엿보고 있었다. 반대쪽을 보자 계단 뒤에서 엄마도 호기심 혹은 궁금함이 배어 나오는 표정으로 바라보고 있었다.

"……아니, 아빠는 아무것도 못 봤다."

아빠는 급히 안경이 흐려진 듯 손수건으로 안경알을 닦

으며 서재로 얼굴을 감췄다.

"어머나, 세상에, 둘 다 이웃에게 피해 안 가게 하렴."

엄마는 엄마대로 갑자기 장 보는 걸 깜빡하기라도 했다는 듯 계단을 내려갔다.

""그러니까 아니래도!""

마히토는 아빠를, 유우리는 엄마를 쫓아가며 오해를 푸는 데 하룻밤을 보냈다.

그래서 묻지 못했다.

유우리가 울 것 같은 얼굴을 한 진짜 이유를.

◇

『만약 신이 존재한다면 어지간히 성격이 더러운 게 틀림없어요.』

LIME 메시지의 의미를 알고자 화면을 스크롤한 곳에는 그런 메시지가 남아 있었다.

보낸 사람은 유우리였다.

계속해서 눈길을 보내자 이렇게 이어졌다.

『남매가 아니었으면 오빠랑 만날 수 없었을 텐데, 남매는 연애할 수 없다니.』

이 한마디에 유우리는 모든 것을 이해했다.

──아아, 그런 거였구나…….

당시의 유우리에게 마히토는 피가 섞인 친오빠일 터였다.

친남매라고 알고 있는데 오빠를 사랑한 것이다.

어이가 없기는 하다.

하지만 짚이는 바는 있었다.

첫 번째로, 오빠에게 야마나시가 묘한 태도를 보였던 점이다.

유우리의 예전 마음을 알고 있다면 반응하기 곤란할 것이다. 정말로 미안한 짓을 했다.

그런데 조용히 맞장구를 쳐 준 친구에게는 감사할 따름이다.

야마나시의 메시지는 그런 유우리의 마음에 대한 답이었다.

『잔말 말고 오빠랑 대화를 좀 해.』

『일 년 정도 제대로 말을 안 했잖아?』

지극히 지당한 야마나시의 지적에 자신은 이렇게 대꾸했다.

『불가능해요. 오빠랑 얼굴을 마주하면 가슴이 꽉 막혀서 말이 안 나온다고요.』

그 마음은 지금이라면 조금 알 것 같다.

동생이라는 이유만으로 무조건 다정하게 대해 주고 자

신을 똑바로 봐 준다.

──게다가 나는 유우리의 머리카락이 예뻐서 좋아.──

유우리가 자신을 긍정할 수 있게 된 말. 그 말이 없었다면 분명 유우리는 머리카락뿐만 아니라 자기 자신을 한심하게 인식하며 자랐을지도 모른다.

그것은 분명 오빠가 전해 준 말일 것이다.

──하지만 우리는 남매고…….

그것은 허락되지 않는 감정이다.

그럴 터, 였다.

유우리의 메시지는 이어졌다.

『이런 마음을 잊을 수 있다면 편해질까요? 아니면 오빠와 피가 섞이지 않았다면…….』

아연실색했다.

지금 상황은 자신이 바란 것이었다.

──오빠에게 사과해야 해…….

유우리가 이런 생각을 하는 바람에 정말로 오빠를 잊어버린 것이다.

자신은 정말 못됐다.

그렇게 잘해준 오빠를 이기적인 마음으로 괴롭게 했다.

방에서 밖으로 훌쩍 나왔지만, 어떻게 사과하면 좋을까?

"──유우리, 무슨 일 있었어?"

망연자실하고 있는데 오빠가 놀란 얼굴로 말을 걸었다.

"──그러니까 나는 너와 제대로 대화해서 너에 대해 알고 싶어."

필사적으로 위로하려는 오빠의 모습에 유우리는 마침내 자각했다.

──그렇구나. 오빠가 어떤지는 관계없었구나.

기억을 잃어버렸더라도 결국 자신은 같은 마음을 품는 것이다.

만약 신이 존재한다면 분명 성격이 더럽거나 융통성이라고는 없을 것이다.

하지만 융통성이 없는 것은 사랑을 깨달은 소녀도 마찬가지다.

이리하여 유우리는 한 가지 각오를 했다.

"……나는 뭘 하는 거지?"

다음 날. 마히토는 월요일 아침부터 어깨를 축 늘어뜨리고 있었다.

──결국 유우리의 얼굴이 왜 어두웠는지 묻지 못했어.

예삿일이 아닌 것 같았는데 마히토는 자기 이야기밖에 하지 못했다.

──이래서야 전과 똑같잖아!

자책하는 마음에 휩싸여 있는데 신발을 신은 유우리가 현관에서 나왔다.

"오래 기다렸죠? 오빠."

유우리가 무슨 고민을 했는지는 묻지 못했지만, 오늘 아침에도 같이 등교할 모양이다.

평소와 다르지 않은 미소를 짓는 동생 덕에 마히토도 왠지 마음이 놓였다.

──아니, 그렇다고 마음을 놓으면 아무것도 변하지 않잖아.

고개를 저으며 마히토는 물었다.

"그런데 유우리, 어제 일 말인데……."

"네. ……그런데 어떤 거요?"

잘 생각해 보니 아침부터 쇼핑몰에 앞치마를 사러 간 뒤 팬케이크를 먹고, 히메미야네랑 작은 소동이 있었고, 그 뒤에도 쇼핑하는 등, 낮부터 묘하게 밀도 높은 하루였다.

——단 하루 동안 참 다양한 일이 있었네.

제 일이지만 진저리 치는 표정을 지으며 마히토는 말했다.

"밤에 말이야. 네가 골똘히 생각하는 것 같던데? 아빠랑 엄마가 이상한 오해를 한 것 같던데, 결국 못 물어봐서 말이야."

그렇게 말을 꺼내자 유우리는 펄쩍 뛰었다.

"하훗? 아, 아아, 그게, 뭐랄까, 그건⋯⋯."

"나는 힘이 되지 못할지도 모르지만, 괜찮다면 말해 봐."

그렇게 말하자 유우리는 "말할 수 있을 리 없잖아요"라는 듯 얼굴이 굳었다.

그 뒤 미안하다는 듯한 목소리를 냈다.

"저기, 그게, 남자한테는 말하기가 좀 그래서요⋯⋯."

"앗, 아⋯⋯ 미, 미안."

뭐, 여자에게는 여자만이 알 수 있는 고민이 있을 것이다. 거기에 남자가 끼어드는 건 눈치 없는 짓이리라.

하지만 유우리는 좋은 생각이 떠오른 듯한 표정을 지었다.

"아, 하지만 오빠가 여장해 준다면 말할 수 있을 것 같아요."

"…………잠시 생각할 시간을 줄래?"

남자로서의 존엄과 동생의 고민을 저울에 다는 데는 조금 각오가 필요했다.

"진지하게 고민하지 않아도 괜찮아요!"

설마 마히토가 진심으로 고민할 거라고는 생각하지 않았던 모양이다. 유우리는 다급한 목소리로 말했다.

"……하지만 오빠의 여장은 보고 싶네요."

"다른 사람의 성적 취향을 트집 잡을 생각은 없지만, 그걸 내게 요구하지는 마."

반성할 마음이 있는 건지 없는 건지, 유우리는 즐거운 듯 웃었다.

──뭐, 이런 얼굴을 보여준다면 괜찮으려나?

이야기하고 싶다고 말하기는 했지만, 말하고 싶지 않은 것을 억지로 캐묻는 건 다른 문제다.

지금은 더 이상 묻지 말자.

그리하여 걷기 시작하자 유우리는 무언가를 결심한 듯 고개를 끄덕였다.

"저기, 오빠, 대신이라고 하기는 좀 그렇지만……."

"응. 뭔데?"

동생은 마히토 앞에 서더니 손을 살짝 내밀었다.

"학교까지 손을 잡고 가도 될까요?"

그렇게 사소한 부탁에 마히토는 웃으며 고개를 끄덕였다.
"물론이지."

그 손을 맞잡으려 손을 내밀자…….

평범하게 잡을 줄 알았던 그 손가락은 마히토의 다섯 손가락 사이로 스르륵 미끄러져 물 흐르듯 정확하게 '깍지'를 끼었다.

──그러니까 남매끼리 그건 이상하대도…….

그렇게 지적하려 했지만, 유우리가 먼저 입을 열었다.
"──안 될, 까요? 마음에 들었는데……."
"끄, 으으응…….."

정면에서 그렇게 말할 줄은 몰랐다.

마히토가 눈을 치뜨고 호소하는 동생을 참을 수 있던 것은 겨우 몇 초였다.

"……역에 도착할 때까지만이다?"
"에헤헤, 오빠의 그런 점이 정말 좋아요."

간단히 설복된 것 같아서 마히토는 입을 다물었다.

유우리는 개의치 않고 잡은 손을 흔들며 걷기 시작했다.
"……나 참, 너무 놀리지 마."
"놀리는 거 아닌데요? 오빠도 가슴이 두근거리길 바랄

뿐이에요."

"그걸 놀린다고 하는 거야……."

저도 모르게 한숨을 쉬자 동생은 또 무언가가 생각난 듯 외쳤다.

"그럼 진심이라면 괜찮다는 거죠?"

"뭐가 진심이라는 거야?!"

마히토가 비명을 지르자 동생은 입술에 손가락을 대고 즐거운 듯 미소 지었다.

"아니요, 진심이 되는 건 오빠 쪽이랍니다?"

"……윽?!"

──마주한다는 건 그런 게 아닌 것 같은데!

선전포고 같은 말에 마히토는 소리 없는 비명을 질렀다.

"꾸물대다가는 전철을 놓치겠어요, 마히토 선배."

자신과는 다른 면에서 각오를 다진 동생에게 마히토는 질질 끌려갔다.

여러분, 오랜만에 뵙습니다. 혹은 처음 뵙겠습니다. 신작 『친여동생이 아니라면 진심이어도 되는 거지?』를 전해 드렸습니다. 테시마 후미노리입니다.

자! 제목대로 의붓동생 러브 코미디입니다!

저는 올해로 작가를 시작한 지 18년이 되었는데요, 사실 배틀도 마법도 없는 현대물은 쓴 적이 없었습니다. 더구나 지금까지 여동생 혹은 의붓여동생을 등장시킨 적은 있어도 그것이 메인인 것도 처음입니다.

그래서 처음 다루는 장르라 담당자님과 이래저래 머리를 짜내며 아주 즐겁게 집필하는 시간을 보냈습니다. 이렇게 이리저리 모색하며 이야기를 만들어 가는 것도 상당히 오랜만이네요.

비교적 처음부터 캐릭터가 정해진 마히토도 초기 플롯을 돌아보니 거의 딴사람이었거나, 유우리도 이렇게까지 브라더 콤플렉스인 변태가 아니었거나.

그중에서도 끝까지 캐릭터가 정해지지 않았던 것이 히메미야였습니다. 개그 캐릭터가 되기도 하고 얼음녀가 되기도 하고. 지금처럼 눈이 잘 보이지 않는 성실한 소녀로 결정된 건 정말로 최종고 직전이었을 겁니다.

지금까지의 작품과는 다를지도 모르지만 재미있게 봐주시면 좋겠습니다.

참고로 평소에는 『마왕인 내가 노예 엘프를 신부로 삼았는데 어떻게 사랑하면 되지?』라는 판타지 러브 코미디를 쓰고 있습니다. 이쪽도 20권이 나올 테니 기대해 주세요.

그럼 이번에도 신세를 진 분들께 감사 인사를 드리겠습니다.

내내 상담해 주시며 이런저런 조언을 해 주신 담당자 A님. 섬세하게 최고의 일러스트를 완성해 주신 일러스트레이터 kuro 님. 표지 디자인, 교정, 홍보 등 관계자 여러분. 유쾌한 PR 만화를 그려 주신 미츠 님, 아스카 키토라 님. 집안일과 청소를 도와준 아이들. 그리고 본서를 구매해 주신 독자님. 감사합니다!

2025년 4월 건프라와 도료를 사러 갔다가 돌아가는 길에
테시마 후미노리
FANBOX: http://prironimuf.fanbox.cc/

Gimai nara honkini nattemo iiyone? 1
©Fuminori Teshima
Originally published in Japan in 2025 by HOBBY JAPAN CO., Ltd.
Korean translation rights ©2026 by Somy Media, Inc.

친여동생이 아니라면 진심이어도 되는 거지? 1

2026년 1월 15일 1판 1쇄 발행

저　　　자 테시마 후미노리
일 러 스 트 Kuro타
옮 긴 이 조민경
발 행 인 유재옥
이　　　사 조병권
편 집 부 정영길 박치우 조찬희 이소의 정지원 최유정 김혜주
디자인랩팀 김보라 전세연
디지털사업팀 김지연 윤희진 장혜원
라이츠사업팀 김정미 유아현
영업마케팅팀 김민 최연욱
물 류 팀 백철기
경영지원팀 최정연
인쇄제작처 ㈜코리아피엔피
발 행 처 ㈜소미미디어
등　　　록 제2015-000008호
주　　　소 서울시 마포구 토정로222, 502호 (신수동, 한국출판콘텐츠센터)
판매 및 마케팅 (070) 8822-2301

ISBN 979-11-384-8901-0
ISBN 979-11-384-8900-3 (세트)